唯美阅读

Weimei Yuedu

唯美阅读

一路开花 陈晓辉 /主编/

我在未来等着你

煤炭工业出版社
·北 京·

图书在版编目（CIP）数据

我在未来等着你／一路开花，陈晓辉主编．--北京：煤炭工业出版社，2018（2023.2重印）

（唯美阅读）

ISBN 978-7-5020-7015-1

Ⅰ.①我… Ⅱ.①一… ②陈… Ⅲ.①故事—作品集—世界 Ⅳ.①I14

中国版本图书馆CIP数据核字(2018)第248265号

我在未来等着你（唯美阅读）

主　　编　一路开花　陈晓辉
责任编辑　马明仁
编　　辑　郭浩亮
封面设计　宋双成

出版发行　煤炭工业出版社（北京市朝阳区芍药居35号　100029）
电　　话　010-84657898（总编室）　010-84657880（读者服务部）
网　　址　www.cciph.com.cn
印　　刷　北京飞达印刷有限责任公司
经　　销　全国新华书店

开　　本　710mm×1000mm 1/16　**印张**　14　**字数**　220千字
版　　次　2019年1月第1版　2023年2月第2次印刷
社内编号　9895　**定价**　46.00元

目录
Contents

01 第一辑
Chapter One

02

第二辑

Chapter Two

第三辑

Chapter Three

04 第四辑 Chapter Four

第五辑

Chapter Five

第一辑
Chapter One
Weimei
Yuedu
唯美阅读

“没出息”的理想

文 / 孙道荣

少壮不努力，老大徒悲伤。

——汉乐府古辞

“我的理想是，长大了，开一家粮油店。”小涵的话音刚落地，同学们就哄堂大笑起来。

老师差一点也笑了。在小涵之前，孩子们说出来的理想，不是科学家，就是医生；不是老师，就是艺术家。总之，都是“高大上”的。开一家粮油店，这也算“理想”吗？

小涵并没有因为同学们的嘲笑声而止住，他接着说，粮油店的名字我都想好了，就叫“888 粮油店”。

连名字都想好了，看来，这并非他的一时冲动，老师示意他继续说下去，为什么叫这个名字？

小涵说，他之所以想开一家粮油店，有两个原因：一是他的舅舅现在就开了一家粮油店，生意很好，因为这个粮油店，舅舅一家人衣食无忧；第二个原因，也是最主要的原因，现在人们吃的很多东西，都不安全，不卫生，他准备长大了之后，在城里开一家粮油店，同时在农村老家，再种几亩庄稼，自己的粮油店卖的产品全是自己亲自种植的，让大家可以放心地吃。而之所以叫“888 粮油店”，是因为他发现，舅舅的粮油店卖的东西，大多不是八毛一斤，就是八元一斤，小涵觉得，888，好记，也好听。

老师赞许地点点头。虽然小涵的“理想”不那么“高大上”，甚至在很多人的眼里还很没出息，但是，一个孩子，能想到将来自食其力，还考虑到食品安全这样的大事，还是值得鼓励的。

小涵的理想说完了，其他的孩子一个接一个说出他们各自的理想。有个男孩子想做一名飞行员；还有个男孩子说长大了就去当兵，争取当一名威武的将军；一个女孩子说将来想考艺校，做演员、当明星；另一个女孩子则希望成为一名画家。这些十一二岁的孩子，兴奋地为自己的未来，画了一张又一张理想的蓝图。这堂班课热闹而生动。

日子在继续。孩子们继续每天的功课，上学、放学，做作业、考试。那堂关于理想的班课，渐渐地被淡忘。这样的班课，我们每个人都经历过，就像这些天真烂漫的孩子们一样，我们也都无比兴奋地谈过自己的理想。“没出息”地只想开一家粮油店的小涵，在被同学们嘲弄了几天之后，也慢慢被淡忘，紧张而单调的学习，让孩子们很快就重新回到课业和分数之中。

放假前，老师带领学生们参加一次户外活动。那天，天气很热，孩子们都跑去买水喝。老师也买了一瓶矿泉水，很快，水就喝完了，老师正寻找垃圾桶，准备将空了的矿泉水瓶扔掉。突然，小涵走到了老师面前，看着老师手中的矿泉水瓶说：“老师，能把空矿泉水瓶给我吗？”

老师以为他是要帮自己扔矿泉水瓶，就说，我自己扔吧。小涵说："不是帮你扔掉，我是想要你的矿泉水瓶。"老师将矿泉水瓶给了小涵，小涵接过老师的矿泉水瓶，熟练地将矿泉水瓶往地上一放，用脚一踩，瓶子就瘪了，然后，弯腰捡了起来，放进自己的背包里。老师好奇地问他，这是干吗？小涵说："老师，我攒着卖钱啊。"

这时，旁边的几个学生围了过来，七嘴八舌地说："我们几个的空矿泉水瓶都给他了，他踩瓶子的样子好专业啊。"有个同学说："老师，他平时也捡矿泉水瓶的，都已经很久了。他简直就是一个小破烂王。"

老师好奇地问他："你真的一直在捡矿泉水瓶吗？"

小涵点点头。

他的家庭条件并不差啊，老师不解地问他，为什么？

小涵说："每次我拿这些矿泉水瓶卖，都能卖十几块钱，我已经靠这个办法，攒了好几百元了呢。"

"可是，你靠捡矿泉水瓶攒钱，做什么用呢？"老师还是不大明白。

小涵犹疑了一下，说："老师，我不是说过，长大了我想开一家'888粮油店'吗？我把这些钱都攒着，留着将来开粮油店啊，这就是我的原始资金呢。"

老师愣住了。她没有想到，这个孩子，竟然把那次班课上的话当真了，一直默默地为他的"理想"积攒着，努力着。而自己当初听到他的那个"没出息"的理想时，甚至也在心里很不以为然。

以她多年的教学经验，她知道，孩子的理想，往往会随着年龄的增长而改变，所以，班课上孩子们说出的"理想"，她并没有太当真，而此刻，她忽然意识到，一个人的理想是什么，是不是"高大上"，是不是光鲜，其实并不重要，重要的是，你是不是一直在为实现自己的理想做准备，你是不是真的在为自己的理想付出汗水。而面前这个小男孩，他已经开始在为他的理想做着准备，这是最难能可贵的啊。也许他的理想还会改变，但就算他长大了真的开粮油店，她也相信，他能把粮油店做到最好。什么是出息？这就是出息。

她想，回去之后，就立即再开一次班会，她要告诉她的学生们，别忘了你的理想，更别忘了从此时此刻，就开始为你的理想做准备。不管你的理想是什么，行动永远比想更重要。

坏孩子也一样有着成长的特权

▶ 文 / 一路开花

所谓友谊，这首先是诚恳，是批评同志的错误。

——奥斯特洛夫斯基

问题少年这顶帽子，我一戴便是整整五年。没有哪一位老师不曾对我三令五申。而年少时的自己，不但不因这样的诫告感到羞赧，反而有一丝丝暗自的骄傲。

我想，我总是特立独行的。记得有一次作文课，题目是《我的同桌》，众人无不仰面长叹，叫苦连天。唯独我，独自埋头，写都不亦乐乎。洋洋洒洒数千字，惊得老师目瞪口呆。

结果，我这篇旷世奇作，超乎寻常地破下了“零分作文”的纪录。原因是，写作文的我乐了，被写的同桌哭了。老师在课堂上说：“李兴海同学，你所写的文字，完全出于人身攻击，好好的一个姑娘，硬是让你写成了李逵！”

班上同学大惑不解。直到他提起我的作文，朗朗念出一段，他们才捧腹喷饭，满地找牙。“我亲爱的同桌，人称黑旋风。常自诩武功天下第一，有人赠联，美曰，拳打云贵二省，脚踢京沪两市……”

无可非议，曾与我嬉笑怒骂的那位女同桌，这次作文课后，拼了命地要求调离。我顿时欢呼雀跃，以为将有新的同桌。殊不料，全班45名勇士，竟无一人敢前来同我平分天下。于是，我只好过起了孤家寡人，独孤求败的生活。

有女生断言，我前世一定是一只无恶不作的蟑螂。要不然，这辈子绝对不会惹人生厌。因此，我无缘无故地多了一个小名——小强。开始，我死活不明白，他们为何要叫我小强。直到有一次，无意赏得星爷的《唐伯虎点秋香》，才知其中深意。

怒火中烧。我耗费了三天时间，才查出取名哗众的罪魁祸首。结果可想而知，这位被称为“智多星”的祖国花朵，莫名其妙地请了三天病假。

无数老师对我说，你得浪子回头，有错必改。可惜，这样那样的人生道理，都被我一一忽视了。况且，每次进入昏沉沉的办公室，我都会不由自主地使出我的独门绝学，左耳进，右耳出。任君说得唇间白沫，我自神游无形太空。终于，他们一个个将我放弃，将我抛至角落，绝望，漠视，不再讯问。

我为自己的蛮横感到前所未有的自豪。直到后来，一次体育考试中，我失手从双杠上跌落，才恍然觉察到无处不在的孤独。因为，在场的所有同学，竟无一人愿意前来帮我。我瘫坐在冰凉的地板上，疼痛和懊悔，暴雨狂澜般呼啸而至。最终，是我当初的那个同桌，黑旋风同志，不顾男女之嫌，毅然把我扶到了医务室。

瘦弱的她，一路踉跄。出于愧疚，我几次想要挣脱她的双手，却被她

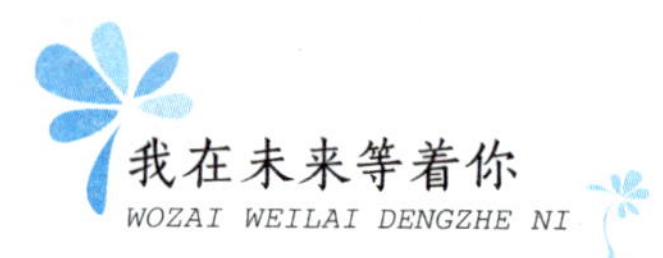

牢牢扣住。豆大的汗珠，如同饭锅上凝结的水蒸气，陆续滴落。到底，那翻涌的热泪，还是从我的心门上扑腾而出。

那是中学的最后一年。我始终无法忘记，那个瘦弱女孩所给予的温暖和感动。她那么不计前嫌地，搀着昔日将她羞辱的仇人，心急如火地狂奔在鸟语花香的路上……

当年的那个坏孩子，由于成长的波折，不但拥有了异于常人的领悟，更得到了许多长者的忠告。那些无形的领悟和智慧，终于成为了后来时光中的特权，让他无畏荆棘，心似莲花。

命运可以随时拐弯

文 / 孙道荣

改变人的心灵，比征服许多一国更高贵。

——德明纳尔

他是个出了名的问题孩子，逃学、捣蛋、捉弄老师、欺负同学，可谓“无恶不作”。同学怕他，讨厌他，避之唯恐不及；老师也对他渐渐失去了耐心，放任自流；他的父母，一个重病缠身，一个苦于生计，想管也管不了。除了偶尔被老师拿着花名册点到名字外，他已经差不多被人遗忘了。

这是个偏僻的山区学校，贫穷是笼罩在很多孩子身上的共同特征，每年，学校都会拟定一份名单报给教育局，以方便那些好心的捐助者选择资助对象。很显然，并非每个孩子都能上这份名单，有幸被选上名单的，都是品学兼优的孩子，学校会在每个名字的后面，附一份该同学的学习和表现情况，这是关键的一张纸，很多捐助者就是据此选择他们要帮助的孩子。因此，能上名单，就意味着不但可能得到一份资助，而且，也是一份

“荣誉”，它说明了学校和老师对自己的肯定。

又一批名单报上去了。

一天早晨，还没有上课，他早早地来到了学校。这是他第一次这么早走进学校。在班主任的办公室外徘徊了许久，他下定决心，走了进去。他从书包里，小心翼翼地摸出一张纸片，递到老师面前，“老师，这是我昨天收到的汇款单，是一位上海的叔叔捐给我的学费。谢谢老师！”

老师简直不敢相信自己的耳朵，他也收到了捐助？而老师清楚地记得，报上去的名单里，根本没有他的名字啊。老师接过汇款单细看，收款人果然写着他的名字。虽然心存疑惑，老师还是决定，把这个好消息告诉全班同学。

当老师在班级里宣布这一消息时，班级里一下子变得鸦雀无声，所有的眼睛都齐刷刷投向他。疑惑、羡慕、感叹，什么表情都有。而第一次被这么关注，他激动得满脸通红，腰板挺得笔直。他从来就没有坐得这么正过。

这天，他第一次没有在课堂上捣乱，每一堂课，听得都非常认真。

放学了，他才收拾书包，跟在同学们的身后，走出学校。这是他难得一次没有早退，按时放学。

第二天，他又是一早来到了学校。教室里还没有人，他将教室的地，扫了一遍，然后，坐下来，打开书本，读书。同学们陆续走进了教室，惊诧地看着他。上课了，他第一次按时上交了作业本。

他惊人地变化着。不再迟到，不再早退，不再恶作剧，不再四处捣蛋。上课时，他安静地坐在自己的位子上，听老师讲课。老师提问时，他第一次举手发言。月考时，他的试卷上，第一次没有出现红色……

班主任对他做了一次家访。

他拿出了一沓信。“这都是资助我的叔叔寄来的。”他忽然有点不好意思，“叔叔在信中说，是老师推荐我的，老师在推荐信里说我是努力、上进、优秀的孩子。我没想到老师会这么夸我。”他偷偷瞄了一眼老师，黑黑的脸，泛出红晕。“叔叔还说，他会一直支持我上学，直到我上大学。我不会让老师和叔叔失望的。”他紧紧地咬着嘴唇。

老师一脸迷茫，这份推荐信显然不是他写的。怎么会这样呢？老师也想不明白。但是，不管怎样，有一点可以肯定，他彻底改变了。老师坚定地拍拍他的肩膀。

谜底直到几年后，才揭开。他考取了一所重点大学。资助人也赶来庆贺。班主任老师私下里问资助人，当初为什么会选择他这样一个问题学生？资助人一脸错愕，你们的推荐表上写的是优秀学生啊。资助人正好带来了最初的那张推荐表。班主任一看，上面潦草地手写着许光军，那是另一名学生，而他的名字叫许辉。

请求支援

▶ 文 / 周海亮

你最大的仇敌或最好的朋友，可能就是你自己。

——英国谚语

你决定成为一名剑客，行走江湖。你认为时机恰好。

你的剑叫做残阳剑。这柄剑威力强劲，你可以同时斩掉十五名顶尖高手的头颅。你的独门暗器叫做天女针。你面对围攻，只需轻轻按下暗簧，即刻会有数不清的细小钢针射向敌手，状如天女散花。天女针一次可以杀敌八十，中针者天下无解。

靠着残阳剑和天女针，你打败了飞天燕，杀掉了钻地鼠，废掉了鬼见愁的武功。他们全是江湖上一顶一的高手，他们全是杀人不眨眼的黑道魔头。从此你声名大振，投奔者众多。

现在你拥有一支军队，占有一座城池。你的军队勇士五千，良驹八百；你的城池繁华昌盛，鸡犬相闻。

你不停地和道上的兄弟签署着攻守同盟。你还和神枪张三、铁拳李四、一招鲜王刀结拜成兄弟。你们肝胆相照，荣辱与共。不求同日生，但求同日死。

所有的一切都是那么美好。你招兵买马，筑固城池。似乎四分五裂的天下不久之后就将统一，你将成为万人瞩目的头领或者君王，你将拥有无涯江山，无尽财富，无穷权力，无数美女。你沉浸在难以抑制的兴奋之中，你常常会在梦里笑出了声。

可是，鬼见愁突然杀了回来。

其实那天你并没有完全废掉他的武功，那天你有了小的疏忽。鬼见愁凭着多年的武功造化医好了自己，又用三年时间练就了一门邪道武功。现在他率精兵五万，包围了你的城池。

敌十倍于你，你并不害怕。因为你的勇士们个个以一当十。

你的五千勇士扑出了城，你试图将鬼见愁的五万精兵一举歼灭。你甚至想晚上就可以用鬼见愁的脑袋做成一个马桶，可是你很快发现自己犯下一个错误——鬼见愁的五万精兵，完全以死相拼。他们踏着同伴的尸体往前冲，极度疯狂。你砍断他的矛，他会用拳头打你；你砍断他的胳膊，他会扑上来撕咬你的咽喉；你砍断他的脖子，他还会在倒下去的一刹那，用脚踢一下你的屁股。尽管你的五千勇士个个骁勇善战，可是最后，他们不得不退了回来。

五千勇士，只剩三百。

鬼见愁精兵五万，尚有八千。

你关了城门，开始求援。

你给神枪张三飞鸽传书，让他速来救你。几天后你得到消息，神枪张三早被一无名剑客杀于某个客栈。

你千里传音给铁拳李四，让他速来救你。铁拳李四回话说，现在我也被围，自身难保，如何救你？

你在城墙上放起求援的烟火，这烟火只有一招鲜王刀才能看懂。一会儿王刀放烟火回答你，他说，我正在攻城掠池，无暇管你，你好自为之。

无奈之下，你计划弃城。你已经管不了城里百姓的死活。现在你只想自己逃命。

夜里你率剩下的三百勇士突围，那是一场惨烈的战争。你挥舞你的残阳剑斩下无数头颅。你的天女针霎时消灭掉鬼见愁八十名贴身保镖。可是当你抬头，你突然无奈地发现，现在，你只剩下一名勇士，而鬼见愁，尚有精兵一百。

你的天女针已经射完最后一根钢针，现在它成了废物。

你的残阳剑已经卷刃并且折断，现在它不如一把菜刀。

你和最后一名勇士逃回了城。鬼见愁甩手一镖，你的勇士就倒下了。倒下前他为你紧闭了城门。他忠心耿耿。

鬼见愁将城围起，不打不攻。他想将你折磨致死。

其实鬼见愁只剩士兵一百。你只需再有一把残阳剑，再有一管天女针，就可将他们全部消灭。可是现在你没有了武器，也没有了士兵，更没有了兄弟和朋友。你呼天天不应，叫地地不灵。

等待你的，只有死路一条。

最后一刻，你终于想起了你妈。

你向你妈求援。

你妈六十多岁。

你妈是一位农民。

你妈连鸡都不敢杀。

你给你妈打电话，你说学校又要收学费了，五百块。你妈说，好。我马上照办。

你命令不了别人，你可以命令你妈。

你用这五百块钱给你的游戏卡充值，你重新为自己装备了残阳剑和天女针。你单枪匹马冲出城外，将鬼见愁和他的精兵杀个精光。

你保全了自家性命。你还可以行走江湖，招兵买马。

即使在虚拟世界里，最后一位给你支援的，也肯定是你妈。

去远方流浪

文 / 朱国勇

青春如初春，如朝日，如百卉之萌动，如利刃之新发于硎，人生最宝贵之时期也。青年之于社会，犹新鲜活泼细胞之在身。

——陈独秀

少年时，一直想做个流浪歌手。在向晚的风中，披散着长发，弹着吉他，忧郁地歌唱。眼神宁静，面色薄凉。头顶流云聚散，眼前有河蜿蜒……

这个梦，我一直做了多年，相信，很多如我一般的少年也做过这样的梦。没事的时候，我便凝望着远方，想象在天地尽头，有忧郁的男子，且行且歌，有云，在他的额前肩上奔涌。

十五岁那年，我终于遇见了一个流浪的歌手。村里来了个马戏团。他站在临时搭起的舞台上，黝黑的面庞，披散的长发，沙哑而忧郁的歌声，一切如我想象中的样子。他唱的是含笑的《飞天》："烟花烟花满天飞，你为谁憔悴，不过是醉眼看花，花也醉……"那沧桑而富有穿透力的嗓音在夜色中飘出了很远很远。全村的孩子都在尖叫呐喊，只有我眼含泪水心魂俱醉。我相信，只有我，听懂了他的灵魂。

月明星稀，夜色辽阔。表演终于结束了，归去的途中，我一直在幻想，有一天自己也能成为一名浪迹天涯的歌手，于万人之上放声歌唱，于孤寒之地邂逅一位红颜。

第二天，马戏团走了。流浪歌手也成了我记忆中的绝唱。

平生唯一一次流浪是在十八岁那一年。高考落榜后，我借口去姑妈家，一个人踏上了去芜湖的列车。车过芜湖长江大桥的时候，我内心在轰鸣：这就是江南啊，这就是梦中千回百转的江南啊！除了兜里的百十来块钱，伴我的，只有一把吉他。在斑驳古老的芜湖火车站，我弹起了吉他，像梦中的流浪歌手一样，对着熙熙攘攘的人流，开始了歌唱。天地无垠，行人匆匆，我忧郁而动情的歌声在城市的上空飘飞。才一会儿，就有几个学生样的孩子围住了我。他们有的指手划脚，有的静默不语，我知道他们当中，一定有人也做着流浪歌手的梦。我一曲接着一曲，炫耀似的，载歌载舞，内心得到了极大的满足。

只是，烈日如火炉一样炙烤着我稚嫩的面庞。不到一个小时后，我就嘴唇发干，嗓子沙哑，于是不得不草草收场，心中十分沮丧。

日头慢慢西斜，我内心的无助与惊慌渐渐浓厚起来。我想，对于流浪，我还是缺少勇气的。几经挣扎，我还是踏上了归程的列车。夜里十点，我回到了家。父母一直都不知道，那一天里，我曾到过几百里外一个陌生的城市，还做过一个小时的流浪歌手。

去远方流浪，是每个少年都曾有过的梦想。只是，想象总是无限美好，而现实却总不尽如人意。也许这一生，我都没有机会真正地流浪一回，但是，一个忧郁的流浪歌手会永远存在我的心灵深处，摇曳多姿，古朴芬芳……

我的中学伙食

文 / 张亚凌

古之立大事者，不惟有超世之才，亦必有坚忍不拔之志。

——苏轼

30 多年前小镇上的初中，学校里只开有教师灶，还没有学生灶。学生们都是自带干粮，学校免费用大蒸笼为我们加热蒸熟。还有一口很大的铁锅，提供开水。

只有个别家境特别好的学生，有时会去教师灶买份饭菜改善一下，也只是偶尔为之。五分钱一份菜，我看过，不外乎是炒土豆丝，白菜炖粉条，凉拌红白萝卜片，凉拌花白，也只是漂几个油星星而已，也没什么了不起的。即便那样，那几个去教师灶的学生骄傲得俨然已经成了老师，好像高出了我们许多，趾高气昂的。不过，总有些没出息的，眼巴巴地目送人家走出宿舍又迎接人家推门进来。

我们带的干粮，杂粮居多：玉米糕、糜面窝窝头、红薯馍，带麦面馍的很少。我不羡慕他们的麦面馍，我家也有，那是专门蒸给姥姥吃的。姥姥八十多了，牙齿都掉光了。当我们兄妹流着口水咂吧着嘴巴贪婪地盯着刚出锅的那几个麦面馍时，感觉眼睛里都伸出无数只手来，似乎看着看着，那麦面馍就会飞到我们的小嘴边。看着我们那傻样，母亲就摇着头叹口气，说："姥姥年纪大了，吃了一辈子的苦，有今日没明日，得吃好点。娃娃的好日子在后头哩，乖，不要惦记老人的东西。"

哼，我才不稀罕他们带的麦面馍馍，我们家又不是没有。

不过，是否在大蒸笼里馏热自己的干粮常常需要斗争很久。因为有些人想换换口味，可自己带的干粮很固定，没法换呀，就不跟你商量地换走你的。你放进大笼里的原本是玉米糕，可找不到了，不嫌弃的话，只好拿走没人要的红薯或红薯馍馍。更有甚至，拿走自己的干粮再顺手拿走你的，那就不是换的问题，而是抢劫了。你就只能啃冷馍馍了，那时带的干粮都是提前算好了的，两次下来，自己就得饿肚子了。觉得自己的麦面馍馍放进蒸笼里不保险，就选择冷啃或泡馍。

泡馍也不是想泡就能泡的，一口大锅，全校一千多学生，得排队舀开水。前面是滚烫的开水，后面就成了温水，再后面就成了凉开水了。到了最后，总有人无奈地去旁边的大水缸里舀真正的凉水。

想想，凉水泡馍是啥感觉。只是想想都瘆得慌。不泡，硬得啃不动啊。我现在的胃口极好，吃啥都香，以至于孩子怀疑我是否有味觉。他哪里知道我经历过凉水泡馍？

有的母亲还会给孩子带些"熟面"：面粉蒸熟放凉，加进各种调料甚至一小撮芝麻，切碎的花生，而后在热锅里反复翻炒，熟面就好了。带到学校，吃饭时舀一勺子，用开水一冲，使劲搅拌，沫糊状，喝起来焦香焦香的。只要有一个学生喝熟面，整个宿舍都飘散着那特有的香味儿。就着这种香味儿啃着自己的冷馒头，也是不错的。

更多的学生还是以开水泡馍为主，都带着盐巴、酱油。家境好点再加上母亲心细，还会用很小很小的瓶子给孩子带点熟油，馍泡好了，滴两滴熟油，油香也会在整个宿舍里飘散开来。吃着自己寡味的纯开水泡馍，闻着别人的油香，更是沾光。如此说来，不觉中我也沾过别人很多光呢。

有的母亲还会炒点豌豆给孩子带上解解馋。豌豆那时还是饲养室里专门给牲畜喂的硬料，豌豆咋来的不知道，反正那时流行一句话，“牛在哭，猪在笑，饲养员在偷料”。所以总觉得那些一粒一粒炫耀般吃着炒豌豆的学生很可笑：吃牲畜的料，还来路不正，竟然还那样得意。

我们不羡慕，只有不屑。或许，是阿Q精神在作祟吧?

也有母亲在蒸馍的时候，将面团两边的面头儿省下来，揉进各种调料后用手搓成长条状，直接放在灶膛里的明火边烧烤，不停翻，烤得焦黄，就是棒棒馍了。带到学校里打牙祭也是很好的吃食。

这些，只是我看到的，我的母亲从来没有给我做过。我也从来没有埋怨过她。家里人多，家务活就多，特别是要啥没啥，母亲还得费尽心思把日子一天天过下去，她根本就没有多余的精力考虑到如何让我更舒服点。不管怎么说，在宿舍里，我见识过了也闻到了那些学生的母亲做的各种吃食，也不错。

干粮还是以红薯为主的，不管男生还是女生，每顿都会蒸一两个红薯，再加个杂粮或麦面馍馍。最不好的家庭就是吃一两个红薯还得吃个红薯馍馍。得感谢我的父母，我还不至于过那样的光景。其实他们在家里却常常是喝着红薯稀饭，吃着红薯馍馍或红薯叉叉。用母亲的话说：老人年纪大了，日子不多了，得吃好点；娃们上学，用脑子，得吃好点。她哪有多余的心思放在自己身上?

干粮是这样，菜呢?

每个周三下午有个较长的活动时间，我们才能回家取后半周的干粮，所以带的菜也得放三天。

很多菜不能久放，也只能吃一两顿，而咸菜，放的时间长，吃饭时夹一点就行了，也耐吃，绝大多数学生带的都是咸菜。也有炒青辣子的，刺激，也提味，干粮实在吃不下去就靠着辣味硬吃下去。也有阔绰的，带两瓶菜，一瓶炒洋芋丝或别的什么菜，一瓶咸菜。

最可怜的学生带的菜是炒红薯丝。想想，蒸俩红薯跟红薯馍馍，就着红薯丝吃着红薯馍馍，要多可怜有多可怜。这应该是家境最最差的学生的吃食了。我们宿舍就有，看着我都觉得心疼。可我也没有多余的帮助她，更觉得自己吃好点都是残忍。

那时的干粮袋子都挂在宿舍的墙壁上。而那时的老鼠个个都武艺高强。飞檐走壁，无孔也能入，总能将挂在墙壁上的干粮咬得面目全非。于是我们就想办法将干粮袋子吊在空中，不挨墙壁。

还是无济于事，老鼠照咬不误，难不成它们真的会在空中飞行？

可恶的是，你吃得是我们的干粮啊，却总吃得自己撑撑的以至于饱得拉出一堆屎来，而后潇洒而去。每个人恨不得将老鼠碎尸万段以解心头之恨。

可有什么办法呢？只好用小刀将老鼠咬过的部分切掉，照吃不误。可老鼠屎难闻的气味，无论如何是去不掉的。如今想想都恶心，而那时竟然吃得那么坦然那么无畏。

不过细想起来，条件再恶劣，每个孩子带到学校的，都应该是家里最好的。

富贵或贫穷，从来都与爱无关。

谨以此篇文章送给我的孩子，不要再笑话你的妈妈吃馍馍时捧在手心里害怕掉下馍渣而浪费的情形。

胖丫，我现在过得很好

文 / 张亚凌

真友谊像磷火——在你周围最黑暗的时刻显得最亮。

——D.M.

胖丫在我的文章里出现的频率最高，高到“胖丫”这俩字一出现在我的笔下，我的眼睛就湿湿的，鼻子就酸酸的。

记忆里胖丫一直很胖，胖得有点说不过去：吃不饱饭的日子，大家长得多像豆芽菜，孱孱弱弱可怜吧唧。唯有胖丫，像棵大白菜，圆圆胖胖，胖到你似乎不敢碰她，害怕一碰会炸裂。

一条小巷子里，小孩子们也是有“圈”的：艳丽圈里的都是家境好，人又娇贵的；春草圈里的妈都像母老虎，娃们自然也都不是省油的灯；梅香圈里的不固定在于梅香一闹矛盾就“清除异己”，一高兴就拉人入伙。

善良的胖丫想将所有人都划入自己的圈，也就注定了她被所有圈排斥在外。而我，是个被所有圈都冷漠拒绝的小可怜——走起路来我的腿颠簸得厉害，活动很不方便。很多时候，胖丫就跟我待在一起——多半是同情。胖丫话少，我也不喜欢说话，我们多是沉默。偶尔对视一下，笑从嘴角一晃而过。

我妈说，你这是“小儿麻痹”，“小儿”，知道不？你长大了肯定它就好了。

这是胖丫经常说给我的话，也是我儿时听到的最好听的一句话。

我三天两头有病，经常请假，又有几天没去学校了。在麦场，胖丫用树枝在地上划着教我新学的字。

艳丽带着她的圈里人过来了，嘲笑道，反正又考不了第一，学不学都一样。

艳丽常考第一，她妈就是我们的老师。

“你不能那样说话。凌子还考过第五哩。”胖丫站了起来。

“一个大胖子，一个小瘸子，还能学好啥？”艳丽撇下这句话就想离开。

胖丫一把扯住她的衣襟：“你那是骂人的话。你妈是老师你还说脏话？”

“就骂了就骂了，你想咋的？”艳丽撇着嘴扭着脖子，“‘死胖子小瘸子’，就骂了，你能咋的？”

艳丽声音一大，她的人就凑了过来，都羞辱起胖丫。胖丫一跺脚，蹲在地上哭了。

小孩子的恶毒像刺，看起来不大，却扎得你心疼。

是我害得胖丫让人欺负。我拉她时，胖丫却狠狠地用树枝戳着地说，不怪你，要是我厉害了就不怕她们了。

我知道，其实胖丫原本属于艳丽的圈子。胖丫家境好，就是因为她想将所有人都当作自己的朋友，不愿意只属于艳丽的圈子，才落到跟我一样的孤家寡人。

我得到的第一个珍贵的礼物就是胖丫给的，一支带橡皮的铅笔，还是她舅舅从天津回来时带给她的。在我高兴得摸着神奇的铅笔时，胖丫却并不开心："凌子，你说，我给你个啥东西，你的腿就能跟我一样了？"胖丫见我的脸上笼上了一层阴冷，立马噤了声。

我的腿，给我耻辱的腿。我经常捶打这它，它却不会愤怒到踹我一脚，——没血性的家伙！

那时我们都帮着大人干活。七八岁的孩子，拎个大笼，割起草来一个比一个利索。似乎是约定俗成的，到了地里，谁先占到的那一小块别人都不会随便凑过去，除非关系特好的。

我先占到的那块地，都是猪爱吃的草。"胖丫，过来，这里草好。"我喊道。

我俩正喜滋滋地割着，觉得不离那块地笼都会满的。

春草过来了，手底下"唰唰唰"很利索。"你不能割，这是我先占到的。"我停了下来阻止她。

"这地写着你的名字还是草写着你的名字？"春草一开口就把我噎住了。

"这就是我先占到的！"我很固执，"我叫胖丫割没叫你割。"

"你这瘸子嘴还不瘸。"春草一把推过来，我仰面倒在地上。

"你咋打人？"胖丫质问间就用壮实的身体扛了过去，俩人就扭在了一块。春草圈里的人就过来了，我看见她们拉起偏架，让春草更欢地挥动着手臂噼里啪啦地落到胖丫身上。

太过分了，实在太过分了！我爬了起来，瞪着眼睛，逮着谁都狠狠咬，她们疼得"吱哩哇啦"地叫。几口下去，春草的人都退后了。我揪着春草的头发死活不放手，春草疼得也跺脚大叫。

“再欺负人，就把你揪成秃子！”谁被逼急了都会邪恶起来的，所以我相信受伤的兔子会咬人。

那天，春草那母老虎的妈来到我家大吵大闹，还将我拉到我妈跟前推搡着。我冲过去，取下墙上挂的镰刀，瞪着眼咬着牙说：“你再动我，看我敢不敢把你娃砍死？”

春草妈立马闭了嘴巴，灰溜溜地离开了。

好像从那以后，艳丽的圈子春草的圈子梅香的圈子，所有圈里的人，见我都皮笑肉不笑地嘴巴咧开，再也没人敢招惹我了。胖丫说，她们私底下都说我是“二百五”。

二百五就二百五，我只有胖丫一个朋友，不能让胖丫为了我总受欺负。我当时就是这么想的。

胖丫，我现在过得很好。多少年了，你在那边，你还好吧？

后记：胖丫的胖是一种病，她用她的病一直保护着我，直到我成了可以保护自己的“二百五”，直到她去了那边。那年，她十三岁。

一弯池水绕心田

▶ 文 / 石顺江

要紧的事情是别浪费你的青春和元气。

——契诃夫

那年，我接到普通高中录取通知书的时候，并没有考中的激动和兴奋，更多的是失落。我想上自己心仪的县重点高中，但 1800 元的赞助费，按我家当时的经济状况无异于天文数字。我选择了复读。

复读班是提前就上课的，刚一个星期，语文老师一口一个“你们是初四的学生了……”一句话让我再也读不下去了。回到家里，我把那张压在抽屉底下的通知书拿了出来，一看时间还不耽误，就骑上那辆破旧的自行车到学校报到去了。学校在离家二十里的另外一个镇子上，校园不大，一圈围墙外就是田野农庄。从此在这里开始了我的高中生活。

这里并没有我想象中那般不堪。校内有一湾池水，清澈明净，几块水泥板横在上面，犹如长虹卧波一般，这是同学们洗衣服的好去处。每到周末或傍晚，三三两两的男生和女生都会端着积攒几天的衣服来洗。女生扬着棒槌捶衣服，而那些平常在女生面前耀武扬威的小子们，则对着一堆发霉长毛的衣物无从下手。有的干脆偷偷地把自己的脏衣服塞给喜欢的女生代劳，然后笑嘻嘻地跑到池塘南边的足球场上疯玩，一起高唱“池塘边的榕树上，某某在‘啪啪’地甩着棒槌……”引得一些女生齐声反击。

而给我印象最深的还是冬季池塘的别样风情，北风萧萧的严冬，在那些小女生眼里是日记本上青春悲思的句子和浸着伤感泪水的文字，对我们男生来说，真的是一片极乐天地。池塘周围那一棵棵老态龙钟的老柳树弯弯曲曲，犹如喝醉了酒的老汉东趔西趄。课间的时候，男生们爬到树上“摸树猴”，抱着干枯皲裂的树干，好像童年时抱着父亲的颈背向上攀爬，双臂伸展着踩在颤颤悠悠的枝杈间，仿佛回到幼时被父母拉着左右手一块儿赶集的时光里。直到学校里那口系在老榆树上的大钟“咣、咣、咣”地响起，我们才一个个哧溜溜地从树上退下来，迅速向教室跑去。

高二那年的冬天极度寒冷，一场纷纷扬扬的大雪过后，大地银装素裹，我们上课的时候还瞅着外面。一下课，同学们就冲出教室，奔跑雀跃在银白色的世界里，池塘因为很浅，早已冻实，男生们就在上面滑冰，打雪仗。那次，我们玩得正尽兴的时候，不知道谁喊了一声“上课啦！……”同学们掉头跑向教室，最后，只剩下一名叫张凯的男生，他刚“啊”了一声，就倒在了冰面上，此时，男生们都已坐在了自己的座位上听起了课，没有一个人留意。当老师发现只差张凯一人没有进教室时，赶紧带着我和另外一名学生到池塘边找人，我们跑到时，张凯正躺在冰面上，眼瞪着，嘴里吐着白色的沫子，样子可怕极了。老师赶紧上前掐住他的嘴唇紧紧不放，好大一会儿，张凯才恢复了意识。当时我的心“通、通、通”跳个不停，感觉要出人命了，经老师介绍才知道，张凯这是犯了癫痫病，最后，我们搀着张凯回到老师休息室，给他盖上厚厚的被子，让他躺在床上休息。

回到教室，老师大声吼道："是谁领的头？是谁起的哄？张凯这种病，胳膊、手或其他东西一旦堵住呼吸，如果去晚的话，就会出现生命危险。大家在冰面上追逐打闹，摔倒后骨折了咋办？"讲台下一片默然，空气瞬间凝结了一般。"你们像一名高中生吗？下年就要高考了，拿什么来高考？……"老师对全班同学一直批评到下课铃声响起。下课后，还将我们男生挨个喊到办公室，对大家训了一个遍。

自这次事件后，我们再也不敢轻易去池塘边了，而我们真正快节奏的高中生活就是从那个冬天过后开始的。进入高三，同学们积极备战高考，根本无暇顾及曾给了同学们那么多欢乐时光的一弯池水。高考成绩揭晓，我们那届学生创下了学校高考最好历史纪录，临别的时候，同学们在校园里到处留影，我们几个男生相互拥抱在池塘边的老柳树下，美丽的瞬间永远定格在了每一个同学的毕业纪念册上。

时光如指间流沙，如今已毕业二十多年，但那片池塘却永远存于心间，并时时出现在梦境里。清清的水波濯洗着世事奔波的风尘，嫩嫩的柳叶抚摸着我人生旅途的劳累，成了我内心深处不可撼动的一份美好回忆。一弯池水浸润了我的心田，温暖了我人生的梦想。

花的印记

▶ 文 / 张亚凌

命为志存。

——朱熹

简单一直很快乐，笑声脆得像铃铛甜得像蜂蜜。也一直很骄傲，三四岁时学啥像啥天生一演员；也一直很幸福，觉得全世界的人都在宠爱着自己。

直到——

直到简单略大一点，能读懂别人的目光及表情时，才感觉到世界彻底颠倒。嫌弃、讨厌、撇嘴、皱眉头……原来所有人对她都是那么厌恶，都恨不得将她从眼前抹去。之前所有的快乐、骄傲、幸福就在读懂别人的同时烟消云散，也瞬间长大，敏感、多疑，开始自闭。

罪魁祸首是那块痣，暗红色，在右边脸蛋靠近脖子处。那块痣更像个恶作剧：它努力摆脱脖子的约束，拼尽全力硬生生地爬到了脸颊上，刚好

在右边脸蛋的最下面。往下点，就在脖子上，围巾或高领都可以遮住，可它就是任性地逃离出来，挣扎着攀上脸颊，让你无可奈何。而别人的目光，总会落在那块暗红色上。

那些异样的目光，那些热嘲冷讽，那些轻谩的神情，织就了密密的网，将简单死死束缚住，连同她原本欢快的心原本欢笑的脸。简单又何尝不想去掉那个与众不同的标记？曾经，她气恼到躲在卫生间里使劲地搓着，搓得脸颊沁出了血，结痂后，依然那么狰狞。她也曾将头发收拾得很漂亮，祈求别人注意到好看的发型而忽视痣，可无论她怎么做，别人第一眼关注的，依旧是那该死的痣。曾经，她让妈妈将毛衣的高领织得厚而高，直接遮到了半脸上。她甚至害怕将自己的脸洗干净，她觉得脏可以遮住那片暗红。

可所有的所有，都是徒劳，难看的痣，固执地坚守着自己可耻的阵地，让她痛苦不堪，自卑至极。

除非迫不得已，简单从来不会跟别人交流，——无法改变她只有选择逃避。好在她从小喜欢画画，画啥像啥，她只能通过画画来麻痹自己暂时忘了痣的存在。似乎也只有在她给班里画黑板报上的插图时，才不那么令人讨厌。

直到进入初二。简单遇见了她，她姓周，叫美丽，是简单的班主任。叫美丽的周老师也是个名字跟人的长相成反比的主，这多多少少给了简单一些平衡。周老师冷眼一看，长得肥硕而粗糙，细看，更是形体宽大长相夸张。只是让简单不解的是，不美丽的周老师任何时候都是春风满面，朝气蓬勃，似乎从来没有因为自己长成那样而掩饰而自卑。

简单倒为周老师而郁闷了：见过不管不顾的，没见过她那样不管不顾的；见过有点像她那样不管不顾的，真没见过像她那样张扬着的不管不顾！看来林子大了，啥鸟都有，大人也一样。

开学第三周，周美丽老师将简单叫到办公室。

简单，霍金难看不？周老师很随意地满脸是笑地问她。

简单摇了摇头，那么伟大了不起的人，怎么会难看？

周老师又问她，我给你们讲的约翰·库提斯可怜不？

简单又摇了摇摇头，他虽然没有下身，可他是世界上公认的国际超级激励大师，怎么会可怜呢？

周老师笑了，那我是不是特别让人同情？

简单还是摇头，因为后来简单才知道这个周老师可不是一般的人物，她出了几本书，还在报纸、杂志上开着专栏，是小有名气的作家。

周老师拍了拍简单的肩膀说：霍金只有手指能动，约翰·库提斯只是半个人，我已经形貌俱丑，你都觉得不难看不可怜不需要人同情，你呢？

简单深深地埋下了头。是的，她呢？她腿不残手不坏却用自卑的斧头砍断了自己飞翔的翅膀。

你喜欢画画。周老师又说了，你注意到没有，你那块痣，怎么看都像一朵开得饱满的花，我只是为你遗憾，你竟然跟一朵花杠上了。

周老师后来说了什么，简单压根就没听到，她只听到了一句“你那块痣，怎么看都像一朵开得饱满的花，我只是为你遗憾，你竟然跟一朵花杠上了。”

那一晚，简单第一次站在镜子前看自己，看那块压得她不能快乐的暗红色。简单发现，高昂着头的自己其实蛮好看的。那块暗红真的像一朵花，一朵上帝为了让自己与众不同精心纹上去的花。

努力过，而后春暖开花

文 / 江小鱼

青年之文明，奋斗之文明也，与境遇奋斗，与时代奋斗，与经验奋斗。故青年者，人生之王，人生之春，人生之华也。

——李大钊

三十多年前，我曾是个很努力的学生，努力到可以忽视一切别人无法忍受的不堪。

那时一个本子，正面写了反面写，铅笔写过油笔写，钢笔列完竖式还能练毛笔字。五分钱一个本子，哪有那么多的钱买本子？贫穷出智慧，小脑袋整天想着笔和纸。于是就有了用树枝在地上划划写写的日子，可是又无法清楚地分辨，也不能明明显显地看出自己写了多少，骄傲自然就无法在心里荡漾开来。于是本子跟笔，一直是我念念不忘的。

偶尔一次到了舅舅的办公室，发现了很多报纸，兴奋到了极点。飞也似的抱着跑回了家，母亲见了也很高兴，夸我会过日子，她想着那些报纸可以糊窗抹袼褙了。我说想得美，这是我的本子。立马就将报纸折叠整齐，裁剪，订了两个厚厚的本子，做草稿本。列竖式，写字，挺好的。最后还用它练了毛笔字，吸水性蛮好的。那时，每一页纸都是幸福的，因为都被扎扎实实最大限度地使用过。物尽其用，就是对物的最大尊重。

那时似乎每个孩子都喜欢收藏小东西：种种纽扣、糖纸、弹溜、颜色稍微独特点的小石头等等。而我，意外地得到了一个废旧电池，说意外，是因为电池也是稀罕的东西，并不是每家都有手电筒或戏匣子的，我家就没有。手电筒、戏匣子，这是那时的我所知道的用电池的全部物件。好奇有时不一定害死猫，还可能带来意外的收获。我想不通那玩意咋那么厉害，能发光能出声。就将废旧电池砸开，想看看里面究竟是什么。很失望，一堆烂渣，一根黑不溜秋的东西。失望之余，就用脚狠狠地踩上去，那根黑棒竟然没断？再踩，还是好好的。结实得很？捡起来，使劲掰，也没断。不经意间在地上划了一下，留下了条黑道道。

嗨——，黑粉笔啊！这一发现给我带来了巨大的欢喜。要知道那时候一下课，我们都涌到讲台前找老师用剩的粉笔头来写字。教室里从来不放粉笔，每节课老师都会在教课本里夹几根带进教室。我是全校第一个用炭棒在操场的土地上写字做题的，那根炭棒用了一年还没完，着实让我兴奋。

那时，我应该是最勤奋的孩子，那勤奋里或许还带有炫耀呢——我有一根与众不同的“粉笔”！

不知什么缘由，反正记忆里我似乎对字很感兴趣。从开始识字起，我就喜欢随处写写：在土地上用树枝写，在水面用手指写，在母亲晾晒的谷物中用脚写，在我眼里似乎什么东西上都可以写字，虽然我也只会写自己学过的字。喜欢写，也喜欢看。见到有字的纸片就想细看，哪怕走路时瞧见地上有报纸的碎片，也会弯腰仔细瞧瞧。跟着母亲出门走亲戚也一样，小眼珠到处扫描，哪怕是亲戚夹鞋样的书，也会翻着看。

为了看书，我几乎没有原则与底线，拼命巴结家里藏书多的同学，给她背书包陪她玩，给她抄作业甚至帮她做作业，给她家里割猪草……她一旦对谁不高兴，我根本不想谁对谁错立马旗帜鲜明地站到她的一方，以至于成了同学们眼里没公正性的“公敌”。那也没什么，谁让只有她可以给我提供很多书看？

看的书多了，写起作文自然容易，我的作文一直被语文老师当做范文来讲评。如今想来，我一直是个比较安静的孩子：别人蹦蹦跳跳的时候，我都在找书看或正捧着书看。后来我们家也有了戏匣子，我最喜欢听的是评书，听完几乎就能背下来。在麦场或田地里，劳作之余，我就讲给叔叔婶子们听，他们都夸我好记性。

说真的，还多亏了我的好记性。数学大多听不懂，请教了老师同学几遍还是不理解，于是就背。凡是老师黑板上的板书，都背，以至于只要考试出的是原封不动的题，我都能默写下来。初中后又加了物理、化学，对于理科，用现在孩子的话说，就是我的脑子“带动不起来”。故伎重演，死记硬背。别的同学因此笑我说，下那么大的功夫，物理才考了六十分。我的回答是，要是不下那么大功夫，怕连三十也考不到。

不是吗，语文、英语等已经达到了极限，若非我那么偏执地以自己的笨方式努力去学习理科，怎么可能考上高中？若非我继续那么竭尽全力去努力，又怎么可能在二十多年前千军万马过独木桥般的高考中一跃跳过龙门？

偶尔，我也会想，这个世界一定有另一个我，倘若曾经的我没有竭尽全力去努力的话。

一支恸哭的金色钢笔

文 / 一路开花

能充实心灵的东西，乃是闪烁着星星的苍穹，以及我内心的道德律。

——康德

这是我第五次在她的作业本上愤然留笔："请用钢笔写字！"

她是班里的学生，念五年级。矮小、瘦弱、怯懦不堪。很多次，我真想在分发作业的同时，当着众人的面，狠狠地批评她、告诫她，此刻，已改用钢笔写字。但又怕，这一个小小的举措，会刺伤她敏感而又脆弱的心灵。因此，只好每每作罢，悄悄地在那篇被铅笔抹盖的纸页上，写下我要说的话。

她没有一次照做。一如既往地用铅笔打发着布置的作业。我不明白，为何在她文静纯真的背后，深藏着那么让人不可捉摸的倔强。

当我在她的作文本上再次写下那句老生常谈的话时，我决定，对她进行点名批评。于是，那个阳光遍洒的午后，便有了这样一个让人倍觉心酸

的场景——我一面踱着步子解析优秀作文的词句，一面时不时地用余光安抚在角落里默默流泪的她。

她开始躲我，面色仓惶地，神行狼狈地，像春花躲秋风一般，硬生生地要远隔一整个炎炎夏季。譬如，我明明见她在那头的路口独自朝我迎面走来，却会在猛一个不经意的时刻里，恍然丢失了她的踪影；明明见她在球场呼哧呼哧地拍着篮球，却会在旁人寒暄过后的视野中，唯剩一个篮球在空荡荡的地方跳跃；明明见她在厕所的出口耷拉着脑袋洗手，却在惊鸿一瞥之后，再度以为自己出现了幻觉……

我并未从她的躲藏中找到一位老师该有的威严。相反，我内心有了一股悲咽的洪流，随她的日渐成熟的躲藏而越发奔腾，直至波澜壮阔。

黄昏后的校园里，多了几分静谧与清冷。我独自在窗明几净的走廊上散步，猜想到底该如何化解她心中的惊恐与不安。

透过窗帘间的缝隙，我能看到，她和她的同桌正喃喃地说些什么。那是一个皮肤黝黑的小男孩，家境颇为拮据，经学校减免过的学费都得拖上几个月才能勉强缴清。

我心怀期待地看着他们在空旷的教室里窃窃私语。真怕他们那片刻的嬉笑里，有我的名字。正当我准备推门而入时，一幅永生难忘的画面瞬间雕刻在了我的脑海里。

她满脸感激地合起手中钢笔，微笑着说了声谢谢。他把书包摊开，接过那支破旧的钢笔，轻轻地将它搁置里面，那神色，如同手捧至宝一般。临行前，他略带豪情地说了一句："放心吧，这次你是用钢笔写的，老师不会再批评你了！"

金色的余晖透过愈渐宽大的缝隙，丝丝缕缕地交织在他们脸上。在那一场童真的友谊里，我无法找到自己该切入的借口，只得暗自逃离。第二天，在宽敞的办公桌上，我看到他俩紧紧挨在一起的作业。同样的本子，同样的笔色，同样的日期。

市里举办长途赛跑的时候，他奋不顾身地报了名。接着，他毫无悬念地成为了代表学校进市里参赛的选手。

五千米的路程，对于台下这帮稚气未退的孩子来说，的确是一场艰难的耐力战。他在人群中穿梭、呐喊、坚持不懈。我和看台上的老师们一起，情不自禁地为他加油，鼓掌欢呼。他如一支离弦的箭，在临近终点的时刻里，一发不可收拾。

惊人的一幕终于出现了。他愣愣地站在终点线附近的跑道上，看着后来的选手们牙关紧咬，奋力冲刺。人群中一片哗然。没有人明白，在冠军唾手可得的紧要关头，他为何选择了止步。

当有两人陆续冲过终点线后，他才狂喜高呼着奔向领奖台。毫无疑问，他受到了又是一例，最严厉的批评。要知道，他所代表的是一所学校，而不仅仅是一个人。他的无人可解的行为，已经漠然辜负了所有随行老师的希望。

那是我第一次对他怒吼斥责，我以为，他是想用特例独行的方式来博得众人注视的目光。

“你明明能跑第一，你为什么要在终点前停下来？！你知不知道这是整个学校的荣誉？”我一遍遍地责问，让他顷刻间泪流满面。

“老师…第一名和第二名的奖品都不是一支钢笔！我…我只要一支钢笔。这样，我的同桌就不会再烦恼，也不会因为用铅笔写作业而受到批评了……”他呜呜的悲鸣，尽诉了他在一路奔跑中所受的委屈。

我恍然觉察到自己的渺小与狼狈。面对这样一个不谙世事的孩子，顿然心生余愧。

校门口的喜报栏上，赫然写着他的名字和所获的奖品。我见过，那是一支多么精致的，却又恸哭不止的金色钢笔啊！

别误导孩子

▶ 文 / 朱国勇

你有一个苹果，我有一个苹果，互相交换，各自还是得到一个苹果；你有一种思想，我有一种思想，互相交换，各自得到两种思想。

——英国萧伯纳

这是一个晴朗的秋日上午，阳光温暖，天空湛蓝。我面带微笑，脚步轻盈，跨进了三（一）班教室。迎接我的是一张张洋溢着生命活力的灿烂笑脸。

这是一节口语交际课：爸妈不在家时，我们要怎样有礼貌地招待客人。

“同学们，这一节课我们来学习口语交际。请听题，假如就你一个人在家做作业，这时传来了敲门声，你该怎么做？”我开门见山地提出了教学内容之后，同学们开始自由练习。先是列好提纲，然后同桌交流，再分组讨论……一切都按照我的预计热烈且有条不紊地进行着。看着同学们劲头十足的样子，我颇为得意，从教多年，我已能驾轻就熟地掌控学生与教学节奏。

最后一个环节是总结陈述，全班二十四名同学分为四组，每组派一名代表发言。

第一组的王洋说：“我先把门关牢，绝不会开门，然后打 110 报警，要准确地报出我家的具体位置，让警察叔叔把他抓走。”

呵呵，这小家伙，当成智斗歹徒了。他的回答，让我有点意外。我笑了笑，让他坐下。

第二组顾越接着说：“我先用桌子把我家的门顶住，然后打电话让爸爸妈妈快回来救我；同时打电话给楼下的雯雯，让她千万不要开门。”

第三组的周泓宇抢着说：“老师，他们说得不对，出现了这种情况，应该最先给小区的保安打电话，因为保安来得最快，而警察叔叔来得慢。”

第四组发言的是小胖子吴海：“对，要先给小区的保安打电话，然后我就拿着爸爸准备的高压电棍，躲在门后，要是坏人闯进来了，我就把他电倒。”说着，小胖还一扬头，好像是在为自己的英勇行为感到得意。

听着同学们的发言，我一愣一愣的，一点也笑不出来。要知道，这节课我本来是想教育孩子们怎样有礼貌地独自接待客人。上成这样，我始料不及。

我耐着性子，想把孩子们引到我原来的教学思路上来：“刚才几位同学回答得对吗？”

“对。”

“谁说得最好。”

“吴海。”

“有不同的答案吗？”

“没有。”孩子们的回答整齐而洪亮。

引导不成功，我只好挑明了说：“我只是说有人敲门，没说他是坏人呀，你们怎么都把他当成坏人啦？为什么敲门的不能是来串门的邻居阿姨呢？为什么不能是来找你玩耍的小伙伴呢？”

孩子们一脸迷惑地看着我。

这时小胖胖吴海高高地举起手说：“不用你说，老师，我知道那一定是坏人，我妈妈都教育我好多次了。”其他同学的声音也纷纷响起：“我奶奶就是这么说的。”“嗯，我姥姥也常说。”

无语，久久地无语。我不知道是我们的教育出了问题，还是我们的社会出了问题。到底是什么让这些才八九岁大的孩子一听说有人敲门，第一反应就想到有坏人呢？本该天真烂漫，无忧而又无虑的孩子，潜意识中，竟然对周围的陌生世界成天充满戒备。我更不知道这些在警惕中长大的孩子，将来怎样去理解“四海之内皆兄弟”“相逢何必曾相识”这些充满博爱与温情的句子。

一枚黑鸡蛋

文 / 一路开花

思维由惊奇和问题开始。

——亚里士多德

在讲中国脸谱之前，我首先给学生们讲了达·芬奇画鸡蛋的故事，意在让他们懂得坚持。说是这么说，可很多时候我自己都坚持不了。例如对教师这个职业，我已经开始无由地厌倦。这个被太多人神话的职业，实质不就和银行的出纳员，商场经理一样吗？

我还未说完这个故事，台下就有人一个劲儿嚷嚷，他也能画好鸡蛋。为了不让更多的学生跟着起哄，我对这事进行了“冷处理”，没有去理会他。可是，他却叫得更大声了。

没办法，我只好把他叫到讲台上，给了他一支粉笔，并且命令他迅速给我画一百个一模一样的鸡蛋。要是画不出来，就要接受捣乱课堂秩序的惩罚。他接过粉笔，理直气壮地在讲台上画圈，一个接一个。台下的同学

不停地发笑。因为他画的圈都是一个大一个小。

大概画到三十个的时候，他再也顶不住笑声，扔了粉笔，独自站在台上不动了。我看他那委屈样儿，实在不忍心批评他。于是，就把我手中的那枚鸡蛋给了他，并且责罚他明天画一百只类似大小的鸡蛋交来给我。

之后，他一直低着头，沉默不语。我继续讲解着，如何在鸡蛋上面画脸谱。开心的就画一个笑脸，多用白色。不开心的，就画一个哭脸，多用黑色。

学生们顿时展开了手中的画笔，精细描绘着他们内心里的脸谱。我站在台上，微笑着看一张张白色脸谱在他们的小手里如花一般绽放开来。

忽然，一个颜色刺伤了我。是刚才那个孩子，他手里此时赫然捏着一枚黑乎乎的鸡蛋。

我上前问他："为何这鸡蛋都是黑色呢？"他不语。我能看到，那委屈的小泪珠一滴滴地落在他的手背上。我摸摸他的头，告诉他："心情是会改变的，你首先就把这鸡蛋给全涂黑了，要是你开心了，想画上白色怎么办？再说，这鸡蛋的颜色不都是由你安排的吗？你真希望它全都是黑色？"

这短短的几句话，是我几年教学生涯的经验之言。我没有想过，它对于一个学生来说会有多么重要。我只是想暂时安慰他，让他不要再扰乱我的课。

第二日，我重新找了一枚鸡蛋，打算用它来继续我的脸谱课。刚登上讲台，就被另一枚鸡蛋给吸引住了。它完好地躺在我的课本上，只是颜色与其他的鸡蛋有所不同。虽然同属米色，可不难看出，它曾以浓黑作为底色。因此，被白色遮盖后，仍有些许残留的黑色透露出来。

看着台下一脸阳光的他，我知道，此时他的内心是白色的。至于为什么是白色，我不知道。只是，这枚鸡蛋让我找到了作为一名教师该有的起点，和终点。

第二辑

Chapter Two

原谅愚笨的爱

▶ 文 / 一路开花

哀哀父母，生我劬劳。

——《诗经》

当我开始学着思考自己未来的时候，才发现他们和大多数的中国父母一样，早已帮我把人生的前二十年都规划好了。他们希望我和某叔叔某阿姨一样，从小学一直优秀到大学，最后考研，衣锦还乡。

我时常不清楚自己的内心深处为何会涌出那么多的怨愤。我的人生和前途，我的爱好，甚至我的自由，全部都要由他们来安排妥当。难道，我自己就不能掌控这一切吗？

为了能和熟识的邻居孩子相比，他们时常逼迫着我学习，并在背后不乏一时地念叨，读书才是唯一的出路。于是，我开始在想，三百六十行，行行出状元的话错了吗？

棍棒底下出人才的理念终究是有效的。至少，它让成绩一般的我安稳地上了高中。可令我疑惑不解的是，他们曾说的上了高中以后就清闲很多，为何我还是要那么忙碌？从早到晚的课程没个休止，并且，他们的念叨亦随之有增无减。

终于熬出了高一。我被数理化折磨得差不多有点儿神经了，于是我毅然不顾他们的反对，执意选择了文科。他们开始对我说近年的国家政策，就业大局。不停地向我阐述，文科的前景是多么凄惨，渺茫。而我内心在想，社会的日新月异，难道就不会变动吗？甚至，我会把一个词联想到他们身上，那就是愚笨。他们只会跟着别人所说的路走，却不曾想过每个人都有着自身的差异性。

最后，他们开始向我妥协。可这样的妥协并非是支持我，而是打击我。他们时常会用以前跟我一起，成绩跟我差不多，而最后选择了理科的同学来和我比较，并不停地问，为什么他能学好，我就不能学好。此时，我心里在想，为什么他的父母就那么好，而我的父母却让我一点自由都找寻不到？

怀着报复的情绪，我开始厌学。我想反对他们的“霸权主义”。十六岁的我忽然懂得了此消彼长的道理，我必须做出反抗。并且，我已不想继续这样的枯燥学习生活，我想到外面流浪，闯出自己的一片天地。

于是，他们开始跟我强调，社会是多么复杂，我出去能做什么。我内心在想，我不能做什么，可至少，能比现在做的多。

这一仗，还是我落败了。而他们，最终得出了一个结论——我是一个不听话的孩子，让我混完这几年算了。我难以描述我内心的绝望，为何，连我亲生父母都不相信我的能力。

我开始没日没夜地念书，像一个机器，没有任何长远的目的。我只是单纯地想要证明，我不比愚笨的他们口中所说的某某同学差劲。

皇天不负有心人。当我在无数个挥汗如雨的日夜备战后，终于拿到了一张他们日日提及的大学录取通知书。那一刻，我没有半点喜悦，全然只是复仇的快感。我的付出终于有了收获，这也是能呈献给愚笨者的最好“礼物”。

他们为我做了一桌极其丰盛的晚宴，邀请了许多朋友和亲戚。那一刻，我感觉自己成了主角。因为在场的每一个人都意想不到会是这样的结局。亲戚都在无休止地夸我，而他们却微笑着聆听，安静地给我夹菜。我再也吃不下去了。因为，我分明看到了他们已现皱纹的眼角上挂满了泪水。

优秀毕业生发言大会上，我忽然不知道该说点什么。莫名其妙地感谢着我原本痛恨的，愚笨的他们。他们此时安静地坐在台下，同样微笑着凝望我，一边抹泪，一边为我大声鼓掌。

我不清楚，一向最讨厌泪水的自己为何会在那么多人面前哭了。尤其是在老师将愚笨的他们请上台后，我才发现，不知不觉我已高出了他们一大截儿。

他们依旧是如此愚笨。在那么多人面前，不懂得要面子，硬是让泪水像小溪一般恣意流淌，惹得我哽咽难言。

可那一刻我知道了。他们的愚笨，是在于他们毫不掩饰自己心中那份过于严厉的恨铁不成钢的疼爱，是在于他们不懂得如何让那一份沉重的爱转个弯，轻柔地落在我们十几岁的心底。

原谅愚笨的他们吧。因为，那是爱。

心灵的横梁

文 / 马朝兰

卓越的激励是找到能力和忠诚的可靠途径。

——佚名

春游前夕，我将班里这 56 名不过十六岁的学生分成了 28 组。我告诉他们，这次外出春游，只能有 28 人跟队而行，剩下的一半，必须安安稳稳地待在教室里自习。

狭小的空间里顿时一片哗然。他们觉得我的安排严重不公，因为不论是谁，都不可能主动放弃这次机会，自甘待在闷热乏味的教室里。

他们无力更改我的初衷。于是，无可非议，这 28 组里，每组将有一人免费外出游玩，感受自然风光，而另外一人，则继续日日重复的校园生活。

他们决定用沉默来抵抗我的不公，他们想用这种非暴力的手段迫使我就范。时间在一分一秒地流逝。我们陷入了不可解开的僵局。

三十分钟后，台下开始窃窃私语。我在讲台上严肃地说："我绝不可能改变主意，但你们之间，是同学、是友谊，不管我把你们56人分成了几组，带走了几人，你们的情谊仍旧不会改变，对于你们的朋友，你真就如此吝啬？连一次小小的机会都不肯让给他？"

这番话，再度使他们陷入沉默。在他们未出结果之前，我转身离开了教室。我知道，这28组学生，明天将会给我一个答案。

清早，旅行社的大巴开进了校园，阳光洒在洁白的车窗上，有一种诱人的美。班长将最后的名单递给了我，不多不少，整整28人。

我惊奇地发现，这份名单的成员，竟是如此特别。他们做了一次令我肃然起敬的谦让——经济条件好的学生将这次机会让给了家庭拮据的学生，学习成绩好的学生将这次机会让给了学习成绩差的学生，强者让给了弱者，男生让给了女生。

名单上有多处涂改的痕迹，不难看出，他们曾发生过激烈的争执。

临行前，我要求外出游玩的成员主动握一握那位把机会让给自己、甘愿留在教室里的同学。于是，感人的一幕出现了，56只青涩的手，紧紧握在了一起。他们相互寒暄，微笑叮咛，没有半点的烟火气息。

旅行的途中，我给了他们一个小小的建议，写一篇简单的游记，送给这28组里的另外一个人，让他们也充分感受到你的快乐，以及这沿路的美景。

回程之后，没有一人欠交游记。不管是多么顽劣多么厌学成性的孩子，他们都极其认真地完成了这次作业。甚至有的人，还在游记的背后附上了一张鲜艳的彩笔画。

当他们把游记主动送给那位留在教室里的同学时，春末的阳光，忽然灿烂起来。我让他们再次握手，感谢那位胸怀宽广的同学，让你有了一段开心的旅程。他们的右手，紧紧交织在一起。没有谁因错失了这样的良机而沮丧，也没有谁后悔当初的抉择。

其实，我所要教给他们的，并不是一次短途旅行中的见闻，而是让他们在如此不公的条件下学会冷静，学会商量，学会谦让，学会大度，学会感恩，学会补偿。

教每一个十六七的孩子握手，让他们在充满不公和荆棘的人生路上，找到那根调适心灵的横梁。

我与书的孽缘

▶ 文／江小鱼

> **发奋识遍天下字，立志读尽人间书。**
>
> ——苏轼

跟书的故事似乎能装一篓筐甚至打包装一架子车，总也说不完，——没皮没脸看书的事多得去了。

看书也能生纠结，还不是书在心里不罢不休地闹腾？

街上的书摊是我经常光顾的，守书摊的是个老人，老人有个孙子。每次去，总能看见他缠着爷爷要零钱买吃食，甘蔗、江米条、糖葫芦……我从来不羡慕他吃东西，只觉得他可笑可怜。瞧他，傻不拉几地举着糖葫芦得意地在书摊前走来走去，呲牙咧嘴地炫耀。他真是傻得冒烟啊，竟然对那么诱人的书没有感觉只想着吃。也因此心生怨气，别说我喊爷爷的，我身边的所有亲戚家都没有书。想想就恼火，我要是书摊老人的孙女多好啊！我宁愿一天喊他八百遍“爷爷”，只要我看书不收钱。

刚才的话似乎不严密，好像并不是我的亲戚家没有书，因为那时几乎每家每户都有书。那书就放在每家炕头女人干活的针线筐里，书里夹着鞋样、丝线，也别着针。

因而我又多了一个毛病：去谁家都想凑近炕沿，而后……而后侧身到炕头，拉过针线筐，开始翻书。那些书，什么内容都有，以至于我不再选择，见书都看，似乎只要是字们排列起来的，就觉得亲切，觉得温暖。

而有些人家直接用书剪鞋样，就留下了遗憾，看得正过瘾，出来一个破洞。于是放不下了，只有想象了。那时的我就很是恼火，——有书都不知道珍惜，啥人嘛。

直到今天我也想不明白：为什么家家户户女人的针线筐里都有本夹鞋样、丝线的书？哪怕那家没有一个识字的，哪怕那家穷得只剩下墙皮儿。莫非冥冥中在昭示什么？是告诉人们无论如何家里都离不开书吗？

不过为了看书，我真的做到了脸皮厚得赛城墙。

不管在谁家，只要见了没看过的书，就翻看，看不完就赖着不走，才不管人家是不是要吃饭要睡觉还是多么得嫌恶。别人咳嗽着提醒，也装着没听见。有时人家会很无奈地说，拿回去看吧，明天一早送来就行。

立马就有种皇帝大赦天下的狂喜，飞奔离开。决不食言的，哪怕那晚不睡觉，也要把书看完。即便娘不停地唠叨嫌费灯油也不在乎，大不了被骂几句被捶几下，相对于看书带来的愉悦，都是可以忽视的。

曾经有一段，我似乎得了臆想症，以至于老师问理想时，我说“开个书摊”，被同学们嗤之以鼻。那时我们的理想多是“成为科学家”或“像邱少云黄继光那样为了国家宁愿舍弃生命”，被耻笑是情理之中的。长大一点，梦想升级了，——在新华书店工作。在书店上班不就有了看不完的书？

今天想来都笑了，多幼稚啊，新华书店？哪里是谁想进就进得去的？

到了初中，因为假小子做派我被班主任李老师认命为班长。这是我迄今为止当过的最大的官，——管理五十二名学生。

自习课我多是拿着自己的书在过道间巡回，这……滋生了徇私舞弊。爱看书的我，对书极为敏感，哪怕包裹着书皮，怎样藏，我也能从表情、动作一眼甄别出来。最后达成默契：我可以不收你的书，你必须看完让我看。我一咳嗽，看书人抬起头，目光对视，完成合约签订。

看来没有约束的权力最容易滋生腐败，连小孩子也不例外。

豆蔻年华，总想着浪漫，更想着灰姑娘能遇到王子，而琼瑶的爱情小说大多如此。于是跟一姐们合买了八本琼瑶的书。还没过两天，她就反悔了，说给她四本，她要卖给别人。我一咬牙，自己买下了。

细想起来，那时爱看书的孩子挺多的，云就是一个。同是天涯爱书人，云爱看书的程度不弱于我，我们很快结盟，——组团蹭书。在新华书店，假装边交流边选书，其实就是没钱买还想看。每每有工作人员不耐烦地转过来时，我们就开始交流“买哪本，哪本好”，说得有鼻子有眼。他只有愤愤离开。

后来又有几个书虫加入，看书就变得简单而实惠了。

大家一起出去租不同的书，在限定的时间内尽可能很快看完，而后交换着看，——掏一本的钱可以看几本，多划算啊，世界上哪有比这更美的事？看完后还相互交流读书心得，咋看都像今天的读书沙龙。

瞧瞧，一不小心，还超前了。

对了，还有一个更骄傲的：我孩子的生日是 4 月 23——世界读书日。为娘的爱看书，孩子在娘胎里都会选生日——足足比预产期推迟了 10 天。

记忆里的身影

文 / 江小鱼

习惯形成性格，性格决定命运。

——约凯恩斯

记忆里的那些身影，非亲非故却难以忘怀，每每忆起，都备觉亲切。

货郎大叔

正玩得兴起，听到隐隐约约的拨浪鼓的声音，就按捺不住了，彼此对视一眼，心领神会，撒腿就跑散了。

确保家里没有大人的孩子，会急不可耐地一脚踹开虚掩的家门，前院后院，翻箱倒柜，开始搜寻废旧的物件。知道家里有人的，就轻轻推开家门，蹑手蹑脚地摸回去，悄无声息地四下里寻找。

那时似乎原始得没有钱的概念，没有买的念头，就是换，也只是换。

用家里废旧不用的物件换自己想要的小东西，那定是心仪已久，定是围着货郎的挑担看了多次，看得眼热心动，才蠢蠢欲动。丫头们感兴趣的是发卡、头花、丝带、小梳子、小镜子，甚至各种好看的纽扣儿。戏耍物件跟吃食，才是野小子们痴迷的。

货郎担子那超强的诱惑力一直冲击着我们小孩的心理防线。在我这，就曾发生了一件至今想起都脸红的事：

我拿着一只鞋想给自己换个蝴蝶结。货郎大叔把鞋看来看去，很是疑惑，说："这么好的一只鞋，就不要了？咋只有一只？"

其实是家里实在找不到可以换东西的破烂了，我就心生歪念头：先偷偷换掉一只，另一只不就成了多余的？下一次再消灭另一只，可以换两次。最坏的结果我也想到了，大不了母亲打我一顿，还能吃了我不成？

我很倔地回答道："找不到了。你甭管，给我换就是了。又不是偷别人家的，也不白拿你的。"

大叔笑了，看了我一会儿，说："那你先拿着蝴蝶结，等找到了另一只再一起换。"

没给人家换的东西，咋好意思白拿？这点道理我还是明白的，就很沮丧地低着头走开了。

"丫头——，回来。"大叔又喊我了。莫非他同意了？我马上欢笑着跑了过去。他摸着我的头很慈爱地说，"你很像我的丫头，大叔送你一个，不用换了。"

那次吃午饭时，我拿了一个馍就跑离了饭桌，说出去边吃边戏耍。找了好几条巷子，才找到大叔，将馍塞进了他的手里，转身就跑了。

值得庆幸的是，那以后，我再也没有心生歪念头了。

也有专门卖红薯老糖的货郎，挑担里是一大块一大块熬好的红薯老糖。红薯糖黏黏的，吃的时候两排牙齿都黏在了一块。孩子们咧着嘴巴夸张地咀嚼着，好像跟自己的嘴巴艰难地抗争着，吃得过于忘情了，糖汁儿趁机就顺着嘴角淌了下来。看着你拿来的废旧东西，货郎就用小锤子那么一敲，掉下一块，不用称，交易就完成了。如果你觉得换得少了，死缠硬磨一会儿，他还会给你补一点。

记忆里的货郎，几乎都是中年男子，且性情极好，不急不躁，总是一脸宽厚的笑。他们挑着担子满乡村转悠，我们去别的村走亲戚时偶尔也会遇见，恍惚间有种亲人的感觉。

爆米花的大哥哥

那时的零食远没现在丰富：心细的娘，偶尔会用沙土炒些棋子豆，炒点豌豆；或是红薯蒸熟后切成片，晾晒干；或是蒸馍时留些面团，揉进盐巴调料，搓成条，放在灶火旁的明火处，烤得焦黄，也很好吃。这就是孩子们全部的吃食了。

可我娘不会那样做的。

娘总是很忙很忙，忙得自己焦头烂额，哪有那份闲心？我有时放学回到家，喊几声“娘——”没应答声。用头发丝想想就知道娘还没有从地里回来，一定是冰锅冷灶。娘回来才开始做饭，我又担心上学晚了，就从锅里取出个还没馏热的馒头再拿根生葱，又去了学校。如今想来应该还有更重要的，就是那会儿大伙儿都填不饱肚子，母亲娘家兄弟多，人说“半大小子吃死老子”，母亲自然得从牙缝里省些粮食来接济娘家人了，哪里顾得上让我们吃零嘴。

到了冬天农闲时节，村子里就会来爆米花的，玉米、大米、小米，都可以爆。而来的次数最多的，是个瘦瘦高高的大哥哥。我们家除了过年，从不爆米花。可我只是个孩子，没有好吃零食的年月，哪个孩子不贪嘴？我就站在大哥哥的旁边，眼巴巴地瞅着。

大哥哥先将出口处接爆米花的袋子扎得牢牢实实，而后自己拉风箱。每次爆好一袋，他都会从里面取出一把放进自己旁边的袋子里。今天想来，那就是他自己一整天的吃食。也会有从袋子的小破洞里迸溅出来的米花，只是很少很少，都凑不够一小把。旁边那么多的野小子都在等着捡拾，捡到后他们还会聚到一起显摆。眼力好判断准而又手脚利索的，手心上也就几个，还有空手而归的傻小子呢，哪里能轮到我？跑了几次，一无所获，我就又咂吧着嘴唇站到大哥哥的旁边。

大哥哥兴许是觉得我可怜吧，他看着我，而后示意我过来，给他帮忙拉风箱。拉完风箱，我是用衣襟撩着爆米花回家的。我给娘骄傲地说，是我拉风箱挣来的，娘摸着我的头，眼睛水水的。叹了口气，让我端了一碗米汤拿了一个红薯馍馍送给了爆米花的大哥哥，——我们家只有红薯馍馍。

那以后很长时间，我都很兴奋，觉得只要干活，就能换来自己想要的。可是爆米花的大哥哥又来了时，娘却不让我再去了。

有一次我偷偷地跑了出去，大哥哥看着我笑了，说，想拉就坐过来。

想起娘的话，我又扭身跑开了。

书贩子赵叔

赵叔是我在师专上学时结识的。

隔段时间，他就拎着两个很肥大的黄色旅行包穿梭在宿舍楼间。大黄包里都是书，中外名著，正版，半价。听说赵叔是从效益不错旱涝保收的国营单位辞了职做起书贩子的。

二十多年前，“打折”这个词还没有进入生活，赵叔就给清贫又喜欢读书的我们带来了许多快乐。赵叔自己更快乐，他很幽默，说挣钱多少是小事，俺是贩卖知识的，图个品位，俺也像知识一样金贵不是？

如果说卖书真的能给赵叔带来些许效益的话，那他还在做一件事，一件纯粹的体力劳作不挣一分钱的事：进行图书交流。你不想保留《红与黑》了，他不想要看过的《呼啸山庄》了，想换本别的什么书，赵叔就在各个大学间宏观调配。

隔一阵子，我们就会相互问一句：赵叔多久没来了？

当然，我们也知道，赵叔不只是跑我们学校，他还跑西安一些高校，很忙的。就开始了期待，时间久了，期待就蓬蓬勃勃地蔓延起来。

赵叔常说，我没上多少学，可就是爱看娃娃看书的样子。

想起赵叔，就想起剑桥大学的旧书商台维。1896 年，这位旧书商来到剑桥，摆了一个小书摊，从此一待就是 40 年，直到 1936 年去世。剑桥的老师宿儒们为了表扬他对剑桥的贡献，共同为他举办了一场大型餐会，以台维先生为上宾。台维去世后，剑桥人为他出版了《剑桥的台维》一书。赵叔像台维一样可敬，他把卖书这件事做得庄严而伟大，以自己的绵薄之力以自己的方式播撒着文化。

多少年后的今天，一回头，还能看见摇着拨浪鼓的货郎大叔，还有那正弯腰拉着风箱爆米花的大哥哥，还有拎着大黄包匆匆奔走在校园间的赵叔。

对错误的真正宽恕

我几乎具备了所有坏孩子的品质。我将他们身上的毛病毫无保留地承接到自己身上来，并且努力为之发扬光大。因此，小小年纪，我便有了

“问题少年”的荣誉称号。

在教学楼下不顾形象地破口大骂，即使被领导在大会上点名批评，仍扬扬自得；将隔壁女生的机密资料通过一切手段铭记于心，在一个午后凑上去对她阿谀奉承地说，你不知道，我观察你已经有很长一段时间了，能做朋友吗？结果，对方落荒而逃，我站在风里故作潇洒地哈哈大笑；对同桌无事献殷勤，时不时地蛊惑他，你说，咱们是好兄弟吗？只要他点头或者微笑，那么，将会坠入我事先所设下的温柔的陷阱，从此，云里雾里地将身上所有的零花钱交我保管，几年一直保持着艰苦朴素，两袖清风的高尚作风。

我想，当众人知道真相之后，是没有一个人愿意和我交朋友的。因为在我身上，除了坏孩子的夸张叛逆和张扬，再无其他。

初二那年，对所有学科都已经绝望的我，奇迹般地喜欢上了物理。那个因聪明以至绝顶的中年男人，实在有种让人不得不为之鼓掌的魅力。

每当他用幽默的言语来诠释物理公式时，在台下忍俊不禁的我，偏要故作严肃地说上一句，这老头，又学我大哥周星驰，真没创意！一旦我说出这样的话，前排女生一定会毅然回头，用对待敌人的凶光来企图深深刺伤我。只可惜，善良的我总让最后的受害者变成了她们。

我开始迷恋上各种精致的实验器材。甚至破天荒地第一次放下坏孩子的宝贵脸皮，向一直征战连年的前排女生发出了第一个有关学术性的问题，你好，请问高锰酸钾为何会在加热的情况下变色？此问一出，原是满脸惊恐的前排女生，顷刻吐血。

所有班级里都有一个不成文的规定。那便是，能跟随老师一块进办公室抱作业或者拿东西的学生，一般都是优秀学生。譬如，分发作文本的学生，大都是语文科代表。传达默写单词的圣旨的，很多情况下都是班里的假洋人。颁布诏书动员大家牺牲小我完成大我的，绝对是班长同志。

我似乎从来没有奢望会有哪个老师在课间时分热情洋溢地上来跟我说，嗨，有时间吗？跟我去拿下作业本吧。这样的国家级待遇，定然不会出现在我身上。

很多时候，我似乎都感觉自己被老师遗忘了。提问永远没有我的份，表扬永远没有我的份，奖状永远没有我的份，相反的，班上出了什么差错，老师倒每每第一个想到了我。

常年坐在教室最阴暗的角落里，我很多时候都怀疑，自己身上会不会长出一块块的青苔，抑或一根根长满利刺的树藤。旁人触碰不得，我也不可从中脱离。我多希望有那么一次，老师可以想起我，问我一个极为简单的问题，让同学们也知道，我并不是整天无所事事。其实那么漫长的课时里，我也有认真听课的时候。

当那聪明绝顶的中年男人从教室的后窗口里探进脑袋时，我被吓了一大跳。因为我正在前排女生的凳子上细致地筹划着一项伟大的复仇计划。他说，你有时间吗？能不能过来帮我拿几个实验器材？我二话没说，跟在他身后，屁颠屁颠地消失在了楼道深处。

我怀抱七八个玻璃试管，手提一盏酒精灯，兴奋至极地在人群中穿梭。我多想让他们看到，此刻执行重要任务的人，是我。我的得意忘形让我铸成了千古大错。八个玻璃试管和一盏酒精灯，在我的一个潇洒的落地舞姿中，张牙舞爪地碎了一地。

身上的疼痛丝毫不能减轻我内心的愧疚。他止住身形，首先不是在意器材，而是关切地问我有没有摔到哪儿。我说了很多遍没有之后，他才在一片惊愕中令我再去实验室取一些器材回来。

我以为我的耳朵出了问题。我刚犯了这样的错误，他怎么可能再让我去执行这样责任重大的使命？我呆呆地愣在那儿，等候发落。殊不知，他却打趣地说，看看时间，只有两分钟了，你还不去，是不是想要我在这里上一堂露天的物理实验课？

那一次，我前所未有地认真。每一步我都走的小心翼翼，每一根试管我都拿捏稳妥。因为它们，我忽视了周围所有异样的目光。它们再不是一种可值得炫耀的资本，而是一位老师，对一位已犯过错的坏学生的无比信任。

之后，我陪同那位中年男人拿了整整两年的实验器材。再没出过任何差错。我有了前面的教训之后，更加深刻地懂得，要如何，才能避免那样的错误再次发生。两年里，虽然我仍旧是个成绩倒数的坏学生，但我至少懂得了帮助别人，并停止了对弱势群体的轻视和嘲笑。

因为我知道，对错误真正的宽恕，不是谅解，不是沉默，而是让他再做一件相同的事。你的信任，你的实际行动，才是慰藉愧疚与伤怀的最好良药。

遗失的寒冷

文 / 长歌

凡是挣扎过来的人都是真金不怕火炼的；任何幻灭都不能动摇他们的信仰：因为他们一开始就知道信仰之路和幸福之路全然不同，而他们是不能选择的，只有往这条路走，别的都是死路。这样的自信不是一朝一夕所能养成的。你绝不能以此期待那些十五岁左右的孩子。在得到这个信念之前，先得受尽悲痛，流尽眼泪。可是这样是好的，应该要这样……

——罗曼·罗兰

三十年前，站在宿舍门口，看着那萌发出新芽儿的柳枝映在斑斑驳驳的墙面上的影子，我一边感慨着“春天总算来了”，一边告诉自己：在以后所有的冬天，我再也不会有寒冷的感觉了。

也正是那一年，十三岁的我，遗失了寒冷。

一晃，三十年过去了，今天的我才尝试着触摸那段遗失寒冷的过程。

那一年，我升入初中，必须在学校住宿。褥子被子一捆，和一大布袋子红薯、糜面馍馍、玉米糕绑在一起，母亲帮我拎起来搭在肩上。背上是褥子被子，胸前是个大布袋子，后面重前面轻，我都有些把持不住自己的身子。母亲只是交代了句“不要贪吃好的，一顿蒸上两个红薯一个糜面馍玉米糕就行了”，都不曾将我送到家门口，就转身忙自己的活计了。

走一走歇一歇，到了学校，喘了半天气才缓过神来。宿舍其实就是一面窄窄的窑洞，没有什么土炕、床之类的来区分铺床的地方与地面。有家长送的，家长就在最里面给自己的孩子收拾床铺，其他的孩子就跟着往里面挤着铺。

进入初中我遭遇到的第一个问题是在铺床时发生的，让我隐隐地感觉到自己和别人是有所差异的。

别人都是先在地上铺一个厚厚的草垫子，上面再铺个毡子什么的，接下来才铺上褥子，褥子上面还有个布单子，说叫“护单”，怕将褥子弄脏了。我呢，只带了褥子和被子，压根就没有其他的东西铺在地上，而褥子显然是不能直接铺在地上的。于是我就满学校找来了一些纸片，铺在地上，才开始铺褥子。结果是：我的床铺比两边的同学低下来一截，她们都觉得我不应该夹在中间。于是，我就自觉地挪到了最边上——门口。

一个多月后，进入了真正的秋天，天就彻底凉了下来。我才明白了为什么家长们都争着在最里面给自己的孩子铺床：不论谁，也不管是晚自习回来还是半夜上厕所，一开门，冷风就别无选择地锁定紧挨门的我为袭击的第一目标。

记忆里，初中三年的冬天，我睡觉没有脱过一次衣服。宿舍的地面本身就高低不平，加之我的褥子也不厚，穿着衣服躺在上面都觉得咯得生疼。我睡觉时特别小心，躺上去后，向左一滚，右面的被子就压在了身子下面，再向右一滚，左面的被子也压在了身子下面。这样一来，我身子下面就有了一层褥子两层被子了。如此想来，好像自己沾了谁天大的便宜似的，睡觉都会偷着乐。

其实，别人不仅仅下面铺得厚，被子上面还压一层被子，既暖和了身子，第二天穿衣服时也不至于太凉。如今想来，我所谓的快乐，只是纯粹的阿 Q 精神罢了。

我的褥子几乎是直接挨着地面，地面很潮湿，褥子一揭起来，背面经常是湿漉漉的。只要有一丁点太阳的影子，我都会迫不及待地将褥子抱出去晾晾。我现在特别喜欢冬天的太阳，甚至会深情地看上半天，恐怕就源于那个寒冷的冬天我对太阳的感激吧？

那时，在别人眼里，我是不是一个很可笑的女孩？跑到学校似乎就是为了等太阳出来晒被子。

冬天天冷，夜长，起夜的学生也多。门一拉一合，冷风就直吹过来。抗击了半天冰冷好不容易才入睡的我，常常被冷风吹醒。于是，为了躲避寒冷，我学会了将自己的头整个儿裹在被子里睡觉。

我从来没有给母亲提及此事，也没有提醒母亲给我多带一床被子。倒是母亲有些想不通，曾对父亲说："这娃书念的，成呆子了，炕中间烧得热乎乎的，她咋老想靠墙睡觉？"现在想来，那种奇怪的反应该不会是寒冷留下的恐惧症吧？——是那刺骨的寒风吹走了我的寒冷？

记忆里，那年的冬天，下雪的日子似乎很多。我也清楚地记得当语文老师看着窗外纷飞的大雪吟诵"今冬麦盖三层被，来年枕着馒头睡"时，我的泪水悄然从眼角滑落。

下雪天是我最最难熬的日子，包括雪后的一段时间。不仅仅是褥子只能无奈地潮湿下去，更重要的是，我只有脚上一双布鞋，不像别的孩子，还有一双换着穿的鞋子或是能踩雨雪的黄胶鞋。

教室、饭堂、厕所，跑上几趟，布鞋的鞋底就湿了，一天下来，就湿透了。我就满教室找别人扔的纸片，厚厚地铺在鞋里。一两节课下来，又湿透了。取出来扔掉，再找纸片再铺进去，再应付一阵，如此反反复复。纸片也不是那么好找的，那时一个本子一毛钱，都是很节省地用。

雪后若有太阳，在别人吃饭时，我就留在教室里。因为饿是可以忍受的，入骨的冰凉却是我难以抵御的。等到教室里没人了，我就将凳子搬到外面，将鞋子脱下来，底朝上晒晒。我则盘腿坐在凳子上，搓揉着冰凉如石块的脚，让它暖和些。

再后来，我有些开窍了：找到塑料袋，撕开，铺在鞋底，再铺上纸，就好多了，也不用不停地换纸。有一句话我信，那就是“许多智慧来自于人们对贫穷的应对”。

更多的时候，是等着鞋子自己慢慢变干。我甚至曾一度固执地认为，是我自己的身体暖和了脚，脚再暖和着鞋子，直至吸干鞋里里外外所有的“水分”，鞋底才会变干。——还是连续的雪天冻掉了我的寒冷？

每个周三下午，我都必须自己跑着回家取下半周吃的红薯和糜面馍馍玉米糕。印象最深的一次，是下着大雪。

雪大风猛，我是抄小路往家里赶，有的地方雪没过了我的膝盖。很熟悉的小路也因大雪的覆盖变得陌生，以至于我一脚踏下去摔进了雪里面，——我把沟边当成了小路。从雪里爬出来，继续往回赶。记得我一推开房门，母亲愣住了，一个劲地说：“照一下镜子，看你成了啥样了，看你成了啥样了……”

父亲就倒了一碗热水端给我让我暖和暖和。我伸手去接，明明接住了，碗却摔在了地上，我的手指冻僵了！我走到镜子跟前，眼泪刷地流了下来：被雪弄湿了的头发，再在风的猛刮下，直直地向上竖着！

母亲拿着梳子赶过来给我收拾头发，才惊叫道“你的头发都结了冰”。我只说道，赶紧给我装吃的，我不想迟到。我背起装满干粮的布袋子，又赶往学校。

风还是那么猛，雪更大了。

我也说不清为什么，至今想起那个下午，我都会泪流不止，包括此刻。

一个十三岁的小姑娘，从独自对抗过那场大雪后，她似乎再也没有畏惧过什么，包括寒冷！

接下来的两个冬天，似乎都一样，再也没有变出什么新花样折磨这个小姑娘。——还是那场大雪不客气地冻掉我那脆弱的寒冷？

又或许是那一个一个漫长的冬天，一点一点吞噬了我的寒冷？我只知道：在三十年前，我，遗失了我的寒冷。

一个人的学校

文 / 长歌

不要将过去看成是寂寞的，因为这是再也不会回头的。应想办法改善现在，因为那就是你，毫不畏惧地鼓起勇气向着未来前进。

——朗费罗

没有人知道，少年曾有所独属自己的学校。多少年后，他还对这所学校满怀感激。

少年的家在山里，距离另一座山里的中学五十多里。从家里到学校，他得奔走五个小时左右。少年没有同行者，方圆十多里就他们一家住户，少年唯一的玩伴是小他三岁的妹妹，五十多里的山路自然得他独自走了。

这条五十多里的山路，就是少年一个人的学校。

少年十三岁，瘦瘦弱弱倒显得比实际年龄小得多。寂静的山里小路，少年时而爬上时而溜下，倒减少了一个人行走的枯燥。

其间有一条河，不深，却很宽。

冬天，河水结冰了。每每快到河边时，少年就起跑，而后“出溜——”一下，就滑出去好远，飞的感觉，特爽。当然，偶尔也会摔倒，即使摔倒，少年响亮的笑声也会快乐地拍打着冰面。一个孩子因为孤单而张扬着的快乐，像一锅沸腾的水，能溅起浪花儿。

盛夏，三伏天，走上十几里，衣衫就汗渍渍地贴在身上，或许你会觉得黏得难受热得烦躁。可少年呢，却是满脸欢喜，每粒汗珠儿上晶莹闪烁的，都是快乐，——那条河以它的清凉在前面召唤着少年。到了河边，少年脱掉鞋袜，先冲洗，再玩水，一个人照样玩得有滋有味。

就是这么一条河，把少年冬天的寒冷以及夏天的炎热，都推开好远好远。

只是在初春或者初冬，面对同样的一条河，少年就犯了愁。要过河，得脱掉鞋袜蹚水，赤脚站在河里，少年冷得浑身发抖，他只能咬紧牙关，小心翼翼而又尽可能快地蹚过去。上岸后胡乱擦一把，穿上鞋袜，为了逃避刺骨的冷，只得拼命奔跑。他知道，只有跑起来，才会将冰冷甩在身后。

少年也曾因此瞎想过：给了他快乐的是这条河，让他苦不堪言的也是这条河，莫非快乐与痛苦是孪生的？少年甚至由此推广开来，自己在这条五十多里的山路上很辛苦地来回奔跑，是不是就可以跑出幸福来？

独自走五十多里山路，对于一个十三岁的瘦瘦小小的少年来说，不是一件容易的事，却是一件不得不做的事。

少年很矛盾：想哼不成调的歌，不敢，怕自己的歌声引来野兽伤害了自己；静静地走吧，爬上走下五十多里，寂寞得能睡着。少年就小声儿对自己说话，用自己的声音将包裹着自己的寂寞使劲推离开去，也算是自己给自己壮胆吧。

多年之后，已经长大成人的少年从来没有寂寞孤独的感觉，或许得感谢这五十多里的山路吧，它就是那样幽幽地不声不响而又彻彻底底地吞噬了少年的寂寞与孤独。

少年有时也会觉得特骄傲，拥有一条属于自己的路，五十多里，独属自己！

有时玩性起来了，少年就确定方向，试探着自己找捷径，攀爬、探险，有一次竟然在丝毫没有感觉中偏离了方向以至于迷了路。好在遇到一位砍柴的老人，少年才重新找到了去学校的路。那次经历，让少年变得小心起来。他似乎有点明白了：那条山路或许认识他，他也只占有了那条山路，可山不会轻易买他的帐，他贸然打搅了山，就被山冷漠地拒绝。

少年懂得了分寸，知道了不能想当然地去做事似乎也是从那次被山惩戒之后。就是这么一条山路，无人陪伴的少年却走出了独属自己的味道来。

鹅毛般的大雪下起来就忘了停，从前天夜里开始，白天也一直下。少年一个晚上都没睡着，他担心明天如何走那五十多里的山路。

大雪快要没过膝盖，少年背上干粮，翻山越岭去上学。

大雪覆盖下，熟悉的山路消失了，少年很小心地识别着曾经熟悉的风景。没有了叶子的树们，似乎一下子变得很是相像，难以区分彼此。少年焦虑得只想吼上几声摔了干粮袋，当他明白了再焦虑也无济于事后，静下心来，继续慢慢识别。那次，少年赶到学校用了10小时，其间没有打开干粮袋吃东西。不是不饿，而是手冻得几乎不能弯曲，颤颤抖抖打不开绑的结，更害怕打开了自己再绑不到一块。就那样，少年饿着、冷着，小心地辨认，机械地挪动，奇怪的是竟然没有畏惧，——饥饿与寒冷将畏惧挤得无处可藏。

那一年，下雪的日子竟然很多，下起来还很大，就是那些大雪，将其他山沟里的好几个同学吓得缩在家里不再上学了。他们跟少年一样，多是独自从不同的山沟里往那座山里的学校赶。可少年没有被大雪吓退，他一直独自走在茫茫的大雪中，哪怕手上脚上都是来不及愈合的叠加着的冻疮。他顾不了那么多的疼痛，他只知道离开学校自己什么也学不到。

多年后，少年走出山里定居在城市，他常常想起年少时的那一场场大雪，还有那几个被大雪吓得缩在家里的同学。少年很庆幸，自己曾独自走了五十多里山路，让自己在年少时就明白：不得不走的路，就必须走下去，再孤独再凄凉都得坚持。人生没有白走的路，经历的所有的苦痛，都会以另一种温暖的形式向自己表示歉意。

少年背的干粮袋子里还有个罐头瓶，里面是红油辣子，自己一周的干粮就是凭着它的美味吞下肚子。其实少年不想带那么奢侈的辣子，家里都是醋和辣子，很少见到油星星的。可娘不同意，娘说咱家没钱让你到灶上买菜吃，再不吃一点油，身子咋撑得住？少年说学校外面就有菜地，摘几个辣子拔根葱，蘸着盐巴也吃得下。娘摆着手就是不同意，非得让少年带一瓶红油辣子不可。

少年拗不过娘，就同意了。

他记得娘给他泼红油辣子时妹妹馋馋的眼神，那热热的油激活了沉睡的辣椒面，散发出诱人的焦香味儿，以至于妹妹皱起鼻子使劲闻。所以少年每周回家时，瓶子里总有吃不完的红油辣子，让妹妹夹上热乎乎的馍馍解解馋。

那次少年实在太无聊了，看到山崖处有一树红亮亮的野果子。

也许很甜吧？妹妹就爱吃甜东西，可惜家里很少有糖。

少年兴奋地攀援过去，已经快接近了，却一脚踩空，手中扯的藤条也断了，少年滚落下去。

腿摔得出了血，脚脖子也崴了，少年疼得呲牙咧嘴。他一摸后背上的干粮袋，手上沾了红油辣子，——罐头瓶子被摔破了！

少年一惊，继而用衣袖抹着泪，像个无助的小孩子。

其实少年也只是个十三岁的孩子，只是他的坚强他的独立使得我们忘了他的真实年龄，把他当成大人了。少年想到了妹妹在家门口伸长脖子等他回来的情形，想到妹妹迫不及待地打开他的布兜寻找罐头瓶子的欢喜，想到妹妹夸张地吃着夹着红油辣子的馍馍的神情，越想越不能原谅自己，从抽泣变成嚎啕大哭。

那一天，一瘸一跛的少年竟然觉得自己走得太快了。他害怕看见妹妹失望的眼神，他甚至愿意即使疼痛难忍也一直走下去。他第一次觉得回家的山路并不长，带伤走路也不慢。

那次，少年窝在离家不远的土崖下，他想等着天黑了妹妹睡了再回家。终究没有等到天黑，被娘的喊声妹妹的哭声从山崖下拉了出来。

妹妹捶打着他，骂他笨死了，说红油辣子哪能抵得过你要紧？

少年又哭了，他明白了连妹妹都明白的道理：啥再好都没有亲人好，在乎啥都不及在乎亲人。自己对家人，家人对自己，都很重要。

少年一直觉得，自己就是在山路上磕磕绊绊爬上溜下时长大的。

少年甚至觉得自己是最奢侈的，一个人拥有一所学校，——那条五十多里的山路。在这所学校里，少年学到了很多很多，多到受益终生！

雪的盛宴

文 / 长歌

儿童喜欢尘土，他们的整个身心像花朵一样渴求阳光。

——泰戈尔

四十年前的关中农村，有些人家还是茅草压顶的低矮的房子。大雪过后，那些房子的屋檐就成了华美的舞台，雪是独舞者，阳光则心甘情愿地充当了道具。

寒冬里刚出来的太阳，极像初来乍到的小姑娘，怯怯地，试探着散发着一点微弱的光。屋顶的积雪实在经不起一点诱惑，只要有阳光，就殷勤地讨好着，欢舞出一层闪闪的亮。那亮，似乎推动着雪们，恍惚间屋顶的雪如波浪般涌动起来。

积雪开始融化，倒有点像此刻的阳光，腼腆而羞涩。一滴、一滴，顺着茅草往下滴。也像在试探，试探地面会不会接受她们的突然造访。

慢慢地，太阳似乎适应了寒冷，放开手脚闹腾起来，连小脸蛋也涨红了。雪们也被越来越强的阳光感染了，不再一滴一滴，而是手拉着手肩并着肩三五成群地奔跑起来。

那时的屋檐下，成了水帘洞，早已憋不住的我们便穿梭其中，好不快活。哪管冰水是打在头上，还是流进脖子里，笑声比屋檐的滴水声响亮多了。

午后，太阳倦了、累了，想歇息了。那光，自然也收敛多了。雪呢，也就似融非融地将就起来。消融了也不急于落下，半推半就，附着在了茅草上。

消融，附着；附着，消融。如此反反复复，倒显得从容而执着。

这时你再看屋檐吧。屋檐前倒挂着参差不齐的锥形冰溜子，一长排的冰溜子。阳光下，那些冰溜子晶莹剔透闪闪发亮，煞是好看。

更神奇的景致出现了：屋檐及相应的地面，都有锥形冰溜子。屋檐处向下，地面向上，像两排巨大的白色梳齿，遥遥呼应。

而我们，才开始了真正的戏耍。

从玩地下那排冰溜子开始吧。蹲下来，双手绕着冰溜子搓着转着，先是双手冻得通红，而后开始发热，从手心一直热到脸上沁出了汗珠儿。汗珠儿让我们脸上的笑也活泛起来，笑声噼里啪啦抖落一地。

地上那排冰溜子被搓着摇着晃着，早已不能坚守阵地了，我们就开始比赛脚力：站成一排，飞起一脚，看谁的冰溜子踢得远。冰溜子碰撞在对面的墙上，可谓冰花四溅，蔚为壮观。

地面的冰溜子消灭了，而后满脸都是汗珠儿的我们在屋檐下一字排开，一仰头，房檐上倒垂的冰溜子就恰到好处地在嘴边静候着。伸出舌头，舔了起来，宛如吃着最大的冰棒。

想想，冬天穿着破裤子烂棉袄冻得瑟瑟发抖，却仰着脸蛋儿舔冰溜子，一群可笑又可爱的小家伙。

玩累了，也真冷得撑不住了，回家前还各自数清自己的“冰棒”是第几个——明天还将继续。

第二天，太阳撒欢的时候，这支队伍就浩浩荡荡地开过来了。各就各位，预备，开舔！

舔着，说笑着，手下拉着扯着，脚下踢着踹着。不亦忙乎，不亦乐乎。

“啪——”一个冰棒竟然脱落了，砸在一张小脸上，脸上便开了朵水花。那家伙竟然忘了疼，像中了彩般笑了起来。于是大家就开始猜测，第二个会是谁？有期盼也有畏惧，那种心情，就叫矛盾吧？

嘴巴舔着，太阳晒着，小手也掰着，冰溜子损失惨重，以至于仅存屋檐下那点——我们跳着蹦着也够不着。

接下来，就进入射击阶段。

乡下孩子野，女娃个个都像花木兰。男孩女孩，一人一把弹弓，目标就是变小了的冰溜子……

童年的冬天，冷吗？很冷。有期待吗？期待的不是大火炉而是大雪，期待着奔赴一场雪的盛宴！

幸福藏匿在飞逝的时光里

文 / 笃行

永远是独一无二不可替代的事物：这是童年的回忆。

——杜伽尔

不敢回眸，唯恐自己贪恋幸福而不愿前行。幸福，如片片芳香四溢的花瓣儿，藏匿在时间的绿叶间。也从不敢说“最喜欢”，回望时，觉得过去了的都是最喜欢的，都奔涌着难以掩饰的幸福。

儿时的我，特别喜欢下雨。

一群小伙伴，野小子疯丫头，在雨中戏耍打闹奔跑，头发一绺一绺湿湿地贴在脸上，笑声像雨滴一样噼里啪啦很是响亮。闹小情绪了，你分不清是泪水还是雨水，就当雨水吧，总会有停的时候。不等雨停，又笑逐颜开了。

即使没人陪我在雨中疯闹，也不会寂寞的。下雨天正好用来读书，屋檐下，捧本书。静静地看会儿书，傻傻地看会儿雨。慢慢地，书中的情节就在雨中铺排开来。

偶尔，也会扭过身子问屋里的母亲：“妈，你说雨下得累不累呀？”

母亲笑着说，傻丫头，不同的雨点各下各的，就那么一趟，咋会累呢？

真的啊，我就没看见哪点雨滴又飞回天上再次落下，我好傻哟。其实我是很喜欢犯傻的，一看到小草儿，就失控般犯傻。

我会蹲在草丛旁，一看就是很久很久。瞧，草尖上还有露珠呢，手指小心地碰触了一下，露珠儿就像被挠了痒痒般撒娇地扭了扭身子，欢笑着跑开了。一不小心，没把握好速度，滚了下去。

我听到了轻轻地叹息，是露珠儿的，一定是，——我从来没有听过那样轻柔的叹息声。似乎就是那一霎，我，脸红了，我似乎看到了草儿生气地颤抖，她一定是满心憋屈：哼，我好不容易盼来露珠儿作伴，叫你给惊扰了！你这小孩子，手真贱！

其实我是来割猪草的，可就是舍不得动镰刀，只是看着草儿满心欢喜。在我眼里，花儿并不比草儿金贵。我一直觉得，草是花的今世，花是草的来生，每一棵草最终都会开出自己的花！

我喜欢草到一种痴迷的程度。过完年，我会独自跑到田间地头，寻找草的踪迹。每每找到嫩芽儿时，我就蹲下来细细地端详，满心里都是惊喜，却不敢笑出声来，怕惊吓了正在探头探脑的它们以至于不敢再长。

淋雨，看草，都是无穷无尽的幸福。

呵呵，我是最不忍回忆的，回忆里尽是幸福，我怕自己被铺天盖地的幸福所淹没。

跳动着火苗的冬天

文 / 笃行

呵，幸福的年代，谁会拒绝再体验一次童年生活。

——拜伦

一入冬天，我就有种遗憾，遗憾源于我一直怀念那跳动着火苗的冬天。

房子中间生个大火炉，整个房子暖烘烘的。围着火炉而坐，烤着手，聊着天，等着炉膛里的红薯出炉。那特有的似焦非焦的香味开始越来越浓时，聊天就不重要了，而是边挤眉弄眼边摩拳擦掌准备大吃一顿了。

记忆里，大冬天火炉的取暖作用似乎是次要的，更重要的是带给我们无穷的快乐，特别是大人不在的时候。

二哥心眼多想法也多，大哥常常是忠实的执行者，而我，则是实实在在的坐享其成。火炉的铁盖子上放一把玉米粒，下面打开，火苗就“呼呼”往上窜，不多会儿，就听到“啪——，啪——”的声响，随着声响，玉米花就蹦到了空中，我就乐呵呵地满屋里跑着捡爆的玉米花。黄豆、黑豆、豌豆都可以的。只是有时因火候掌握不好，常常一下子就全烤焦了。

记得二哥有一次出主意说：用咱妈舀饭的勺子肯定更好。火小了，咱就往炉膛放，紧贴火；火大了，想拉多远就能拉多远，绝对不会焦，是不是？

大哥想想也是，就取来妈舀饭的勺子，开始炒玉米粒。结果，勺底给烧了个大洞。玉米花没吃成，大哥的屁股被妈打得开了花。也是后来才知道，妈舀饭的勺子是生铝，是不能长时间在火上烤的。

下过大雪，哥哥们就开始捕鸟雀，玩是其次吃是关键。厚厚的泥巴将鸟雀严严实实地裹起来，放进炉膛里。等待想象中的美味是要有耐心的，围着火炉，打纸炮、弹溜、下棋，想干啥干啥。

不过，我只是闻闻那肉的香味而已，我是不敢看他们就那样扯着腿揪着翅膀大吃特吃的，更无从想象他们又是如何残忍地撕扯羽毛弄干净的。事实上，我曾不止一次地问过哥哥们，把活的鸟严严实实地包裹起来直至烧熟，不怕鸟难过吗？哥哥们一脸不屑地说，你比谁都爱吃猪肉，你就不想想猪难过不？猪和鸟有啥不一样的？

想想也是，可我就是不敢吃也绝对吃不下去他们烤熟的鸟雀。

最盼的就是过小年了，大人们开始为过年而准备，我只等着煮肉那一刻的到来。那时过年，肉只有二三斤，没必要动大铁锅，就在房子里的火炉上煮。

坐在炕上，手里是拿着书，可眼睛一直离不开火炉。热气出来了，水就滚起来了。锅里那“咕咚，咕咚”的声音比任何文字都有魅力，手里的书就成了摆设，就瞅着那口锅，似乎一眼没盯住就会飞走似的。香味儿跟着飘出来了，不用皱鼻子，直往嘴里钻。可我还常常贪婪地皱着鼻子使劲地吸，就像在大口大口地吃肉一般。

那时杀的是一年才养成的猪，耐煮，肉香味浓。似乎是一个晚上地煮肉。明明已经熟了，可妈就是不揭锅，熬不住眼，迷迷糊糊地就睡着了。

多年后，我专门问过她，咋煮那么长时间的肉？妈笑了，不煮到你们都睡着，肉早就没了，还能等到过年？

她说得很对，我每年都等着煮肉，都等着闻肉香吃猪肉，可每年都只闻到肉香从没吃到猪肉，这并不妨碍我年复一年地盼过年盼煮肉。

火炉最大的方便还是烘烤东西。那时都是布鞋，下了雪，出一趟门，鞋底就湿透了。回家就好办了，在火炉上烤烤就解决了问题，从不担心只有一双鞋。衣服也一样。

我说我怀念那跳动着的火苗时，儿子说，楼下白伯伯家里就生着节煤炉。我说那不是大铁炉，房子也不是大铁炉烘得热乎乎的，感觉是不一样的。

儿子不解地看着我：冬天有暖气，有电热毯，还有电手炉，谁还需要你那原始的铁炉子？你这人咋留恋落后的东西？

是的，儿子永远都不会理解的，我真的很怀念那跳动着火苗的冬天！

蹚过回忆的河

文/笃行

童年原是一生最美妙的阶段，那时的孩子是一朵花，也是一颗果子，是一片朦朦胧胧的聪明，一种永远不息的活动，一股强烈的欲望。

——巴尔扎克

童年，是一段需要红薯馍、玉米糕、糜面梆梆、野菜疙瘩才能勉强填饱肚子的日子。用今天孩子搞笑的话说，那时唯一强烈的感觉就是一个字，饿！

记得大哥割猪草时偷偷地挖了生产队一窝红薯，自己一口气生吃了仨，还剩下两个藏在笼底带回了家。大哥真是饿晕了头，竟然忘记了母亲平日里耳提面命教导我们的诚实、本分，一到家就迫不及待地取出来用衣袖擦了擦让我和二哥吃。恰巧母亲推门进来，一把夺过我们手里的红薯，训斥了半天还不解气地狠狠地打了大哥。

拿着被我们咬了一口的红薯，母亲似乎很为难：上交吧，就等于承认自己的孩子做了贼；不交吧，的确不合她的为人。

大哥呢，哭得也很委屈。割猪草的那几个孩子都偷，又不是他一个人偷。人家没吃完的，扔了，怕被看守的大人检查出来。而他，是想着我们俩才带回来的。

而我们，倒不理会大哥的脸是不是被母亲打疼了，更关心的是被母亲夺去的红薯将如何处理。

已经上了床，母亲将红薯丢给我们，没好气地训斥道：“整天都是想着吃、吃、吃，活到世上就是为了吃……”我们才不理会母亲说话的语气及神情，赶忙抢在手里，啃起来，甜甜的红薯汁顺着嘴角直流。母亲一看见我们的吃相更生气了，“看你俩那熊样，总有一天，为了吃糟蹋自己……”母亲愤愤地说着，又两手齐上夺了我们手里的红薯，“偷的东西还吃得有滋有味，还有没有廉耻？！”

我们依旧坐着，却不曾低头表现出半点悔过，单等着母亲训斥完后再扔过来，好接着吃。

我现在还清楚地记得，我们是在母亲反反复复的给和夺里，在絮絮叨叨的训斥声的伴奏中，咽下每一口红薯的。

如今想来，那会儿的母亲，心里一定很难受很难受的：她不能抗拒的，是儿女们的饥饿；她不能原谅的，是儿女们满心里只想着吃。

母亲和父亲有事去外婆家，大哥又领着我们偷了一次，那次偷的是玉米棒子。

白天只能忍耐，害怕煮熟时玉米的香味暴露了我们的行径，被大队喇叭批评。等呀等呀，估摸是半夜了，大哥领着我们起来，煮玉米棒子。真香，我一连吃了两个，还能吃得下，只是没有那么多，大哥二哥每人一个半，——才偷回来五个。

第二天，大队喇叭就响起来了：有些人做贼心虚，三更半夜煮偷的玉米。群众的眼睛是雪亮的，群众的鼻子也不是摆设……

后面就是点我父亲母亲的名字，进行声讨。

母亲叹着气，开始训斥我们：不是光咱一家子饿，全村人都饿，——全村人都当贼了，能打下庄稼分给大家？管不住自家的手，管不住自家的嘴，能干成啥事？偷，总归是坏毛病，就得离远些……临了，她长叹了一声，傻娃，饿得谁能睡着觉？白天有事打搅，有东西充饥还好点。天黑了咋办？——还天黑了偷偷煮，真是笨到家了。

后来，我在路遥的一篇文章里看到这样一段话：

“上数学时，我就不由得用新学的数学公式反复计算我那点口粮的最佳吃法；上语文课时，一碰到有关食品的名词，思维就固执地停留在这些字眼上；而一上化学课，便又开始幻想能不能用公式化合反应出什么吃的东西来……”

我不觉笑了，看来，我们伟大的路遥从小就具有当作家的浪漫气质啊。

最后一根冰棒

▶ 文 / 李耿源

孩童的动作，是清洁，是正直。

——《旧约全书·箴言》

那年，我刚到小镇上中学，每周都有半天的劳动课。第一次劳动课，班主任陈老师带领我们到新校舍去平整操场。好在都是山里人，大家拿锄头挖土还是干得有板有眼的。9月初仍骄阳似火，操场上铄石流金，无蔽荫之处，烈日把我们烤得抬不起头来。没干多久，个个挥汗成雨。

就在同学们连喉咙都在冒烟时，与大家一起劳动的陈老师喊了一声，提议用班费去买冰棒。这句话恰似久旱逢甘霖，洒在大家心头上，操场上一阵欢呼声。陈老师就派我和另一位同学去冰棒厂买。

冰棒零售每根5分钱，如果直接到厂里批发，只要4分钱。我们当然得到厂里去批发。领了这项光荣任务，我们一路小跑来到厂里。厂里为了省电，下午3点后就把冰柜电源关了，拿出的冰棒都软绵绵的，我们只好撑开衣服将 40 多根冰棒捧在胸前。

胸前和肚皮立即冷丝丝的。这种冰冷，凝固了汗水，但融化的冰水却不断滴到脚上。我们只好忍着身上的冰凉，向操场急奔。

我俩一到，操场上的同学们就沸腾了。但是，冰棒几乎都在包装纸里化成泥状，陈老师用双手小心翼翼地拿着，一根一根地分给同学们。拿到的同学捧着冰棒慢慢地打开包装纸，“咻咻”地吸食起来。不一会儿，整个操场都是冰凉的。

怀里最后的两根冰棒，是融化得最厉害的两根，是我和陈老师的。陈老师小心地挪了一根在手掌上。我看着最后一根冰棒，咽了一下口水。但是，已僵硬麻木的双手却不听使唤，我想先腾出右手，却见冰棒径直滑落了下去。它离开了我的衣衫，掉在地上一点声音也没有，但在我的心里却如霹雳，它的包装纸破了，稀化炸开，冰水渗入灼热的泥土里。

这可是我第一次吃冰棒，我觉得天都塌下来了。

这时，我听到了世界上最有磁力的声音，陈老师把躺在他手心里的冰棒移到我面前，轻声地说：“这根才是你的，但你愿意分老师一点吗？”

我想也没想就连连点头。老师打开了包装纸，如果不是他的大手掌掬着，正在加紧融化的冰水将流走。我伸手拿起了冰棒的竹签，这是一根由绿豆加白糖、色素和水冰冻而成的冰棒，虽然它的大部分已脱离了竹签，但端头还黏有几粒绿豆和一小块冰晶。我对老师说，我就吃这个。

我背过身，举起冰棒，就在那块冰晶也要掉下来时，我把它含在了嘴里。

我吃到了绿豆，尝到了白糖的甜，而那一小块冰晶，真的很冰凉，从嘴里一直清凉到心里，一直清凉到二十几年后这个燥热的下午。

冬天里的傻妞

▶ 文 / 荷阳

要是童年的日子能重新回来，那我一定不再浪费光阴，我要把每分每秒都用来读书！

——泰戈尔

冬天，没农活了，外面也冷，没事时一家人便待在堂屋里，——堂屋里生着大泥炉子，暖烘烘的。

披一身雪，怀抱个瓷瓷实实的大雪球，我一脚踹开门，雪花跟我一起冲了进来。“像不像个大笨熊？”说这话时的我是笑嘻嘻的，还挤眉弄眼，很是得意。

“她还学会客气了。”哥接上了话茬，“你哪里像大笨熊？就是个货真价实的大笨熊！”

哥的话像个铁锤，将我满脸的嘻哈砸得稀巴烂。我委屈地一撇嘴巴，摆出一副要哭的样子。

“一边去。”娘朝着哥扬起手，做出要打的样子，哥扮个鬼脸，躲开了。我便扯着娘的衣袖，嚷嚷着“打嘛，打嘛，打哥哥”。我每次都是听到“啪啪啪”响亮而持久的声音才罢休的。娘打哥屁股的声音可大了，啪啪作响，他就摆出一副疼痛难忍的可怜相。我就得意地呲牙咧嘴，还趾高气扬地指着问：“再欺负我不？”哥忙不迭地说着“不了不了”。

事后我总问娘，疼不？

娘打哥的屁股时，总是两只手在后面“啪啪”地一起打，肯定很疼的。

因为总窝在一间屋子里，我跟哥的矛盾就特别多，我老找茬跟他拌嘴，还受不得一点委屈，一旦没占上便宜就找娘闹腾。

冬天里的娘才是最忙碌的。又没缝纫机，一家子过年的新衣服，都是娘裁裁剪剪而后一针一线缝合起来的。炕角那一摞鞋底，也都等着娘纳，那是我们明年一年的单鞋棉鞋。娘那么忙，还得不停地调解我跟哥的矛盾。用娘的话说，我是没事找事的小人精。

想想吧，我忙活着找茬惹事，母亲忙活着调解安抚，哥忙活着遭罪，好不热闹。

哥终于被我惹怕了，变得亲近我了。他做完作业一拍桌子，说，来，哥教你学英语。英语就是那种叽哩哇啦舌头绕弯打绊地说话。娘高兴地推了我一把，快去，跟哥好好学。

哥看上去教得很认真，我呢，觉得好玩学得也很用心。娘看得满脸像开了朵花，连声说，这才是当哥的样子。

我们就坐在炕上，我玩弄着花手绢一遍一遍地重复着，直到哥满意地直点头。

快睡觉时，邻居栓柱哥来问哥作业，我显摆地跑到炕沿上，说，栓柱哥，我也会说外国话，我哥教的。“I am a dog.”我很流利地说了出来，而后高昂着头，等着栓柱哥夸我。

栓柱哥竟是一脸尴尬的笑。

栓柱哥走后，我很不高兴地质问哥，栓柱哥咋不夸我。哥解释说，你栓柱哥本身就笨，自个都说不好，当然嫉妒你不夸你了。

我就更得意了，凡是来我家的，我都给他们说那句外国话，他们都夸我聪明呢。

更多的时候，我跟哥是不能和解的。

他呢，在院子里撑起竹筛子，想网住鸟雀。网住了就用泥一裹，丢进炉子里烤熟了吃，多残忍多恶心。

我就不怕冷地在院子里赶鸟雀，才不让他得逞呢。

哥一生气就跟我干上了，又不敢打我，有劲没处使。我就更嚣张了，双手叉腰腆着肚子在他眼前晃悠。娘就出面了，就喊，凌子过分了，不能欺负你哥。

我一甩小辫子，不情不愿地扭着屁股离开了。

怕冻，又懒，却又耐不住寂寞时，我就趴在窗子上。那时还没有玻璃，纸糊的窗。趁娘不注意时，悄悄地用舌尖舔舔窗户纸，湿了，也就透亮了，看得见外面了。

窗，是房子的眼睛，我透过这眼睛，思绪又飞到了窗外。

我看见长满枯草的墙头上站着一只鸟雀儿，直愣愣地，一动不动。

鸟雀儿站在墙头不怕冷吗？我问娘。

鸟雀儿长着毛呢。

人穿着厚衣服还怕冷呢。我还是不能接受。

它是鸟啊。娘又解释道。

人咋就不如鸟呢？小小年纪的我便感慨起来。我要是只鸟，就不怕冷了，多好！

窗外不只有鸟雀儿，还有人家的炊烟。时而浓得化不开，时而淡到若有若无；时而笔直向上，时而飘散开来。好像炊烟是注意到了我，才专门给我表演一般。偶尔，还会有盘旋着的枯叶。它坚持了那么久，孤独寂寞地挂在枝头，可还是冻得受不了，无奈地离开了。

小小的窗外，是大大的世界。趴在窗前，我才懒得搭理哥，当然，对娘的回答，也不满意。哼，总有一天，我自己会弄明白的。

冬天，不能出去跟小伙伴疯玩了，跟娘跟爹就更近乎了。

娘教我绣花，红红绿绿的丝线过于复杂，我是个没耐心的假小子，很快就从娘身边跑到了爹那里。爹喜欢给哥哥说书，就像小匣子里刘兰芳说《杨家将》那样，听得我傻笑不止。

娘只有摇头笑了。

那个冬天里的傻丫头哟，隔着三十多年的岁月，还不忘冲着我傻笑。

兄弟饭

▶ 文 / 马朝兰

真正的友情，是一株成长缓慢的植物。

——华盛顿

中学时，我曾有五个最好的伙伴。我们六人彼此形影不离，情似同胞兄弟。逃课一起，吃饭一起，放学一起，就连早恋的时间都是那么默契。

兴许是方言的缘故，我们彼此都喜欢称自己为“老子”。“嘿，你小子去哪儿了？老子找了你一个下午都没找着。”“你再说那女生，老子跟你拼了！”“喂，把你那本小说给老子看一下。”

我们似乎都想不起来，是从何时染上了这样的恶习。虽然各自觉得这样的称谓方式不太好，但彼此都不介意。偶然不想再说了，不愿再犯这样的毛病，恭恭敬敬地自称“我”。可只要有人提起“老子”这两个字，就总觉得自己不回，便要失了便宜。于是，前功尽弃，又回到从前。久而久之，索性都不去理会，就这么互相咒骂着，开心着吧。

年少时的友谊永远是那么纯粹。我们可以不顾及对方的身份，家庭背景，住址，甚至不顾及他的过去和名字。

三年高中时候，因为他们的缘故，过得不但飞快而且甜蜜异常。离别时，我们紧紧地抱在一起，彷佛只要松开，就会有其中一人被凉风带去。

村里有一种习俗，名叫吃“兄弟饭”。意思是说，你和哪个男生玩得比较好，觉得他可以做你的兄弟，那么就挑一个黄道吉日，请他到家中来，吃一次你父母联合亲手做的饭。这样，你们的友谊会如同兄弟血脉一般，永世不改。

我们渴望能将这样的友谊延续下去。至少，有生之年，不再改变。于是，纷纷提议，在离别前到各自家中吃一次兄弟饭。

我请母亲挑了日子，特意从隔壁邻居家中借了桌椅，静待他们五人到来。这是第一次兄弟饭，母亲细细审视了他们几个人，说了许多感谢的话。最后还叮嘱他们，吃了这顿饭以后，你们便是兄弟了，以后要互相照顾，互相体谅，切不可鲁莽行事，多生事端。

我们端着碗，静静地听着，想着几月后的终须一别，忽然泪流满面。母亲见我们伤怀，哄骗我们说，吃兄弟饭的时候可不能哭，一哭，这情义就淡了。我们只好强忍住泪水。

那顿兄弟饭之后，我们更懂得珍惜彼此了。彷佛，对方就真是自己的的兄弟一样。

我的兄弟饭之后，依次该轮到他们五个人挑选日子。那些天，我们过得很开心，也很彷徨。五个兄弟，就我一人考上了大学。其他五人，正在谋划着如何南下打工。生活的艰辛迫使我们要迅速长大，要面对人生和一些不得已的责任。

每吃一顿兄弟饭，我们就禁不住流一次泪。按理来说，我们应该吃足六顿饭。可事实上，我们六人的兄弟饭，到第四次的时候就无故中断了。

那位皮肤黝黑，清瘦的兄弟，直到今日都不曾请我们去他家里吃过一顿兄弟饭。每次问他为何不请我们吃兄弟饭时，他总是支支吾吾。我们无不以为，他对我们六人之间的感情不以为然。于是，渐渐便淡漠了他。我北上念书时，其他四人皆前来相送，唯独他躲在家中。

由此，我们更加坚定了欲抛他出局的信念。

事实上，几年以后，我们还不曾抛却，各自的友谊就已经清淡得只剩回忆。偶尔在村口的小路上碰到，也仅是深情地对望几眼，寒暄几句。

他们已被生活的苦难压迫得抬不起头。或许，衣衫褴褛的他们，已无法心无旁骛地与西装革履的我坐到一起。再度谈天说地。

后来无意间走到田野中，竟看到当年那个皮肤黝黑，清瘦的兄弟，在广袤的碧绿间播种芽苗。我一眼认出了他，怀着忐忑而又激动的心情前去探望。

他和他的母亲一道辛勤劳作。我挽起裤腿，一面下田帮忙，一面微笑着问："小子，怎么不叫伯父一起来帮忙呢？"

殊不料，她的母亲竟然告诉我："哪有什么伯父？他爸都死了好多年了。"我们一直沉默。直到最后别离，也不曾说过一句话。

我忽然明白当年他不请吃兄弟饭的缘故。父母联合同做一顿饭，这个极为简单的条件对于那时的他来说，无非等同于幻想。

当年的友谊，当年的"老子"，当年的兄弟饭。我们以为，是给了彼此一生中最为甜美的青春回忆。却不知，有那么一个兄弟，正在被这些绚烂的过去执意伤害。并且，一伤便是许多年。

第三辑

Chapter Three

唯美阅读

Weimei Yuedu

在风中飞扬的头发

▶ 文 / 马朝兰

我承认天底下再没有比爱情的责罚更痛苦的，也没有比服侍它更快乐的事了。

——莎士比亚

当我还是矮个短发的时候，前排的倪小杉就有了亭亭玉立的身姿和一袭飞扬的长发。她经常在大夏天穿一件白底桃红的连衣裙，扎一束高高的马尾。

她每天踩着铃声跑进教室，在一片讶异的目光中回头问我，“嗨，第几页？”她急促的喘息和明亮的眼神，时常让少年时候的我莫名不安。偶尔，我呆住了，不知如何是好，她便会一遍又一遍地回过头来问我，“第几页？问你呢，到底第几页？”

事情的结局总是让人出乎意料，还未等我回过神来告诉她第几页，她便已被老师罚站到了走廊尽头。

凝视她柔亮的头发和白皙的后颈，我时常会冒出这样的疑问：倪小杉是不是有点喜欢我？否则，她干嘛老是故意回头问我？她问她的同桌不就行了？

事实上，倪小杉回头问我，也是被逼无奈。原因是一次水彩课上，倪小杉的同桌不小心把浣洗毛笔的整桶水都碰到了她的新连衣裙上，她俩为此吵得不可开交，最终形同陌路。

没人知道，我喜欢倪小杉。想想也不可能，一个成绩名列前茅年年作文获奖的三好学生，怎么会暗恋一位成绩倒数整天迟到的绣花枕头呢？可很多事情，谁都说不清楚。譬如，我就是无可救药地喜欢倪小杉。

我喜欢她穿那条白底桃红的连衣裙，喜欢她在午后流光中奔进教室的样子，喜欢她白皙的后颈和飘扬的长发，也喜欢她气喘吁吁回头问我的眼神。

就在我鼓足勇气，决定无畏流言，力求倪小杉的时候，班上忽然传出了倪小杉早恋的消息。有许多人说，在放学回家的路上看到倪小杉和一个瘦高的男生手牵着手，肩并着肩。为了证实这个消息，我跟家人谎称中午开会，悄悄跟上了倪小杉。

倪小杉到底发现了我，她欣喜若狂地拍着我的肩膀说，"嗨，小子，你那辆帅帅的自行车呢？丢了？被偷了？还是借你女朋友威风去了？"

我紧张得不知如何是好，无法回答倪小杉的问题。就在我伸手进兜摸索那封蓝色信件的时候，一个骑着赛车，蓄着长发的男生在对面朝倪小杉吹起了口哨。倪小杉笑笑说，我先走了啊，下午见！接着，迫不及待地横过街道，坐在了他的后座上。

我忽然觉得心里最后一丝光亮被无情的手收走了。走在人潮汹涌烈阳直射的马路上，还是有一种刺骨的凉。

我托朋友请了病假。班主任惊慌失措地打来电话，问长问短，我多希望，电话那头的声音是属于倪小杉的。

第二天回到教室，一群人迅速涌到了我的面前，滔滔不绝地向我诉说昨天晚上在班里发生的大事。不知是从哪儿冒出的声音，竟有人说：倪小杉偷东西被抓了。

我毫不犹豫地怒吼起来，放屁！倪小杉绝不可能偷东西！同桌拉着我说，你不信也没办法，昨天晚上有同学丢了二百块钱，班主任为了查清事实，花了整整一节晚自习搜查所有学生的课桌。结果，偏偏在倪小杉的课桌里搜到了那二百块钱。

倪小杉一直没来上课，班上再没人如同冒失鬼一般踩着铃声跑进教室，而后气喘吁吁地问我课本几页。我不习惯这样的生活。

倪小杉回到教室的时候，夏天已接近尾声。她依旧笑若桃花，似乎之前根本不曾发生过任何事情。但之后，周围的人却经常会写纸条过来“礼貌”询问：倪小杉，你看到我的钢笔没有？倪小杉，你有见到我的钱包吗？倪小杉，你能不能帮我找找我的课本？

倪小杉渐渐在这样的“礼貌”询问中沉寂。她依旧倒数，依旧不爱学习，依旧迟到。可有一样，她到底是改变了——直到毕业，我都再没见过她穿那条白底桃红的连衣裙，也再没见过她那头飘扬的长发。

短发的倪小杉没能走进高中的大门。没人知道，落榜后的倪小杉到底去了哪里。曾经真实存在的那么一个人，就这么迅速被大家遗忘了。

那封信，我一直留着，一直夹在我最心爱的日记本里。我想，成年以后，如果我真正得到了一份来之不易的爱情，那么，我一定会告诉她，曾经有一个名叫倪小杉的女孩坐在我的前排，她有着白皙的后颈和一头飞扬的长发……

一只丢失的花鞋

文 / 李兴海

青春是一个不可思议的伟大力量。它催发着青年人的躯体，启迪着他们的智慧。同时它也灌输着热烈的盛情和坚强的理智。

——李准

他是我记忆中最特别的学生。当我第一次批评角落里那位迟迟未缴学费的女孩时，他便勇敢地站起身来，与我大吵了一架。

事后，我从陈年的档案里得到了许多关于那位欠费女孩的家庭信息。譬如，她与奶奶相依为命，是班里最贫困的学生。我用刚结的稿费帮她垫清了所欠的数目，为此，她给我写了一封长长的感谢信。

这封语病百出的信件还未读完，他便摁响了我办公室的门铃。他情绪过于激动，以至有些语无伦次。他态度诚挚地朝我鞠躬，为当日的莽撞向我道歉。他说，他只是太过于了解那位贫困女孩的苦衷。

当天，有四十六名学生坐在台下，有四十六名学生了解她的内情，可只有他，在第一时间里站了出来。因为这份不计后果的善良，我原谅了他当日的鲁莽。

他的成绩平平，学习亦不够刻苦。我曾三番五次鼓励他，向他讲解人生的道理，可最终，却总是收效甚微。我很想找他的母亲谈话，为此，征求了他的意见。

他毫不犹豫地回绝了我的提议。甚至，在期末邮寄成绩通知书时给我留了一个虚无空泛的地址。我真是对他束手无策。

很久之后，我从他室友的口中得知，他的母亲每月都会来学校一次。为了能与她碰面，我安静地潜伏在校门口的人群深处。当她的母亲从口袋里匆忙将生活费递交给他，即将转身离去时，我忽然闪现于他们跟前。

他在刹那间惊得目瞪口呆。事情没有任何意外，十五分钟后，我们三人占据了操场旁的同一把长椅。

这是一位朴质的农村妇女。她的衣衫破旧，手指粗大，就连笑容都有些生硬。我开始慢慢提问，试图在这次来之不易的谈话中，找到他懒惰的根源。

无意中，我瞥见了她泥泞的裤管和双脚。审视片刻之后，我还是忍不住询问：“大姐，你的另一只花鞋呢？”

她尴尬地笑笑，不知如何是好。我没有继续追问，倒是他，须臾间发起了无名烈火：“你怎么能这样呢？鞋都不穿就跑到这儿来？你知不知道这是学校！？”

我制止了他对其母亲的咆哮。他愤然离场，谈话最终不欢而散。

他母亲走后，我再次找到了他。我全力遏制胸中的怒气，与他慢慢行进在乡野的小路上。林中微风使他渐然平静，夕阳洒满了他的发隙。我们聊得很是投机。

他在一片泥沼前停住了脚步，春日阳光静静地铺满他的睫毛。我顺着他的目光望去，一只似曾相识的花鞋闯进了我的视野。

面对这样的景致，我不知该说点什么，只能默默地看他卷起裤管，蹚进泥沼。

归来的途中，我们始终一言不发，即便我心里有千百个疑团无法自解。他为何会对那一只似曾相识的花鞋热泪盈眶？那只花鞋又为何深陷泥沼？我又为何不由自主地沉默？

次日，他托人请了病假。我去宿舍找过他，未见踪影。傍晚，他主动找到了我，仅仅说了一句："老师，昨天那只花鞋是我母亲的。"

后来，他如同变了一人，谦逊勤奋，求知若渴。我一直没能明白他忽然转变的原因。

毕业后，收到了他的来信。我终于知道，他母亲当年的艰难。为了能节省十元的路费，又不让他担心，竟哄骗他说，每天清晨五点，村里都有进城的小车。他对白天的车次了如指掌，唯独这班，他一无所知。因为，他从未起得如此之早。

直到遇见那只遗落的花鞋，他才明白，为了这个平白的谎言，他的母亲每月初都要披着星月赶往学校，给他送来那一笔微薄的生活费。

捧着花鞋回家那天，他一面在尘茫的山路上小跑，一面擦拭着滚落的泪水。他在信中说，他从来没有这么心疼过。

一只丢失的花鞋，帮他寻到了心灵的归家之路。

一杯水里喝出三种味道

文 / 李兴海

拥有一颗好奇心最重要。

——詹姆斯·沃森

他还尚未被调至学校任教，满城便早已风花夜雨。有的人说，他是一个苛刻严厉的糟老头子，喜欢用一些闻所未闻的方式来惩戒后排差生。也有人说，他是一个高大帅气的男孩，毕业不久，性格温善。当然，也有人说他是个中年已婚男子，不但头发稀疏，眼角落满鱼尾纹，说话还吞吞吐吐，显然是个妻管严……

关于他的传闻，我所听到的大致有以上三个版本。我最喜欢的，还是第二个。事实证明，我所料非虚。他年轻活泼，幽默风趣，似乎有着永远也使不完的精力。这些，只是他在自我介绍中所反馈给大家的印象。

介绍完毕，他开始了第一堂“立威课”。在所有后排男生看来，几乎所有老师的第一堂课都可以化为等号。无不是那些自诩铁面判官，用刑严厉，赏罚分明的言辞，意在让我们心生畏怯，好在日后对他言听计从。

不过，他好像特殊了一些。不但没有说这样的话，还从方形的试验箱里取出许多不知名的白色粉末固体。有人嚷嚷，新老师还真懂得人情世故，一来就给咱们分糖吃！接着一阵哄笑。也有人说，那可是食盐，他想咸死我们！更有好事者，直接将蓬松的脑袋探出几米，一脸谄媚地问，老师，你这是什么秘密武器？

他的沉默和漫不经心的微笑，更是将先前那些故作冷漠的学生怂恿得兴奋不已。顿时，一帮十六七的孩子，各寻最佳方位，看看他到底要玩什么把戏。

他提出一个棕色的玻璃瓶，将里面的液体咕咚咕咚地倒进了烧杯里。旋即，又将那些白色粉末固体拨来拨去，伸出几根手指，在上面捉起一小撮，赶紧放到烧杯里。那动作迅速而又滑稽，似乎那课桌上的不是一团粉末，而是一盆旺盛的炉火。

他将烧杯里的液体搅起了漩涡，确定所有粉末已经溶化完毕之后，才探出食指到烧杯里，微微蘸了蘸，放到口里。所有人都在注视他的面部表情，想从这个细微的动作里窥出，这杯来历不明的液体加上这些不知所谓的粉末，到底是何味道。

可惜，他仅仅只是满意地点了点头。很多人忍不住好奇地问，什么味道？什么味道？他不说话，侧着头，随意从崭新的花名册上点了几位坏男生上去，令他们逐一尝尝，看是什么味道。

"咸的，好咸！"一个男生在尝过之后，下巴缩成了一团。

"不！是甜的！"另外一个很快争辩道。

"没有吧？我感觉有一点酸酸的。这粉末估计是什么化学物质。"第三个男生故作高深地说。

安静的讲台上，霎时乱成一团。最后，实在调解不开，只得请老师出来揭开谜底，好让众人知道谁对谁错。

“孩子们，这仅仅只是一杯普通的自来水。无色、无味。而这些粉末状的东西，也不过是一堆精盐罢了。按理来说，水应该是咸的。可是，我刚才虽然动了动手指，但很遗憾，我并没有把任何东西放进去……”

“生活里的真与美，往往都是这样。想要发现它，不仅仅需要一双敏锐的眼睛。”

来二十岁之前，去二十岁之后

文 / 胡识

青春之所以幸福，就因为它有前途。

——果戈里

在我二十岁之后，每次朋友约我去KTV，我都想编出很多个理由拒绝参加，我说我不会唱歌，不会喝酒，更不会聊天。我总觉得像我这样的一类人坐在K歌房里只看着别人尽情嘶吼、深情演唱、将酒瓶和易拉罐弄得哐当作响，会是一件特别尴尬的事情。我会时不时看看手表，去去洗手间，将水龙头来回地拧开又拧紧。我就这样把自己弄得没精打采，然后瘫在沙发上睡起觉来。等我被朋友叫醒时，天已经蒙蒙亮了，大家都要散了。

有很多时候，我们明明知道自己不喜欢做某一件事，但我们还是会硬着头皮去喜欢。我们可以说自己没有主见，但我们绝对不能对别人说，你不要再强迫我了。因为二十岁之后，我们所面对的不单单是纯纯的友谊，更多的还是社交和资源。

长大成二十岁的人，内心确实是挺孤独的。我们一再强迫自己不能再像二十岁之前那样放荡不羁爱自由，我们明明骨子里讨厌抽烟和喝酒，却还是义无反顾地蹲在路边大口大口地抽吸起来。我们的真实想法就是因为风吹走了二十岁之前的云彩，才会被雨淋湿。二十岁之后的每一场雨都可以说它不解二十岁之前的风情。

我记得我二十岁之前，其实是一个特别喜欢唱歌的小男孩。每次班里上音乐课，即使老师没有拿麦克风又或是没有音乐伴奏，我也会将手举得老高，然后把书本叠成圆筒状，一飞到讲台上就扯破喉咙飙《青藏高原》。我明明知道自己的嗓子不够清亮，吐字总嚼舌根，我还是会唱得激情高亢。有很多次，我唱着唱着就直接站在了老师的讲课桌上，我竟像一位歌唱家，又唱又晃，还指挥其他同学。没有一个同学不说我唱歌不好听，虽然我跑调了，但我很接地气，我的歌声能给他们带去欢笑，留下深刻的印象。

也许，你活在这个世上已经唱了很多首歌，但你并不觉得有一首歌能够等别人再听到时会想起你。这不是你的嗓子不好，音质不准，而是你不懂二十岁之前的我们。

我总说，二十岁之前的我们“坏”的透顶。我们巴不得学校每天停电，那样就不用再上晚自习，我们便可以在月光下张扬自己，唱起歌来。有很多人在白天会假装不会唱歌，但一等到晚上大家都开口了，他一定是那个坐在教室最后一排叫得最响的人。他实在太压抑了。

我也总说，二十岁之前的我们整天乐不思蜀。周末一放学，我们就会成群结队地跑到网吧。女孩子喜欢玩 QQ 炫舞，她们会一边摇头晃脑，一边将音量上下来回地调拨。男孩子则对自己的 CF 战友爱之深又恨之切，他们总扛枪对骂，在耳麦里叫得热火朝天。我们真巴不得那小小的世界只有自己的声音。

如果不泡网吧，那我们肯定会跑到 K 歌房唱歌。那时，我们最迷恋的歌手莫过于许嵩和周杰伦了。因为学校的广播里总放他们的歌，所以我们总喜欢坐在教室里交头接耳，到底是许嵩的清新文艺范好听呢，还是方文山给周杰伦写得中国风歌曲好听呢。等我们到了 K 歌房时，才会惊奇的发现，原来许嵩和周杰伦可以唱得一模一样，因为麦霸总是一个调调。

在我二十岁之前，我也是个名副其实的麦霸。我总跟着比我高出一头多的一大帮同学，在一家开在胡同旁的 K 歌房唱歌。无论新歌老歌、民歌山歌、儿歌情歌，只要我能哼出一两句的，我就会拿着麦一会儿跑到左边哼哼，又有一会儿走到右边哦哦，真是不上不下，不前不后，又唱又读。如果有哪位同学说我故意影响他唱歌了，我一定会和他吵得面红耳赤。如果有同学说我是块音乐绊脚石，即使我打不过他，我也会趁他不注意先给他一拳。麦霸是不允许输在别人后面的。

但在我二十岁之后，渐渐地，我发现自己不怎么爱唱歌了，我只单单喜欢一个人塞上耳机听歌。我越来越不喜欢许嵩和周杰伦的歌了，我反而越来越迷恋华仔和 Eason，我觉得他俩的歌能唱出我二十岁之后的声音。

我二十岁之后的声音是，我想要一轮大大的圆月亮，然后我每天晚上看完书就可以盘起腿，坐在有风吹过的草坪上一动不动。不要问我为什么会发呆，也不要管我是自言自语还是偷偷流泪。说真的，自从我二十岁那天和一些人、一些事在 K 歌厅告别之后，我就发现自己再也不渴望长大了。

曾经因为很喜欢唱一首歌，发誓要快快长大追上她，保护她，却等到自己长大以后，她不在了，我看不见了，剩下来的时间，便一个人静静地听歌。

没被现实干掉的人

▶ 文 / 胡识

有些儿童的爱与恨的高潮是大家想不到的，而那种极端的爱与恨就在侵蚀儿童的心。这是他童年最凶险的难关。过了这一关，他的童年结束了，意志受过锻炼了，可是也险些给完全摧毁掉。

——罗曼·罗兰

小时候，我经常做的一件事就是把存钱罐里的零用钱都抖落到地上。我喜欢听硬币落地的“啪啪”声，就好像我喜欢听玻璃弹珠在白雪皑皑的冬天发出青春的呼喊。

阿弟比我小两岁，他擅长打玻璃弹珠，他是常胜将军。我是他的助理，站在一旁，拎着一个汽水瓶，虎头虎脑地看着他。阿弟每隔两三秒就会把赢回来的玻璃弹珠塞进瓶子里。等到小伙伴都弹尽粮绝了，他们便会排起长长的队伍，踮起脚尖，伸长脖子，从衣兜里掏出银光闪闪的硬币找我买玻璃弹珠。

“阿识，我买五个！”

“阿识，给，一块钱！”

“阿识，怎么就卖完了呢？”

……

五个玻璃弹珠能卖一毛钱，我和阿弟一个上午能赚一块多钱。所以，每当我和阿弟在回家的路上你追我赶时，邻居家的小张飞就会瞪大眼睛，撅起嘴巴，拽紧拳头，他好想跑过来打断我们的腿。可他不敢下手，因为我会在他妈面前告状，他害怕阿妈知道他又输钱了。

我和阿弟朝小张飞扮了个鬼脸，又接着一蹦三跳地跑进厨房。可阿妈坐在灶前不生火，偷偷地抹眼泪。

我蹑手蹑脚地走过去，小声说：“妈，你怎么了？”

阿妈长长地叹了口气：“哎，你爸这个月又没寄一分钱回家！”

“他总是这样！”阿弟愤懑不平地接过话。

“妈，不过你放心。有我和阿弟在，我们能赚钱。”阿弟朝阿妈用力地摇了摇存钱罐：“你看，我们又赚了一块三！”

阿妈冲向前一把将我和阿弟搂在怀里，我们仨哭得稀里哗啦。

就是因为这样，阿弟才玩命地苦练打玻璃弹珠，他的食指都被擦出血来。

晚上，我帮阿弟涂药。他突然对我说：“哥，你都比我大，你也应该学一点赚钱的本事。”我看了看阿弟，又转向看着床头的课本，竟感到莫名的难受。我突然明白，要想在将来考一所好的大学，那首先得有钱，可我家除了有几亩地，其他什么也没有。

十二岁的我便开始下定决心努力赚钱。

起初，阿妈死活也不同意我干农活，她说我学习成绩好，得用心读书。我实在气不过，威胁她说："你不让我干活，那我就不读书。"我还会绝食，甚至还想跑到外头打工。阿妈拗不过我，只好让我跟在她身边。

也不知道什么原因，我干农活的手脚还特别利索。没过多久，我就学会了插秧，捡田螺，还有捕鱼。

我每年暑假都会跟阿妈一起坐小张飞家的野鸡车去别的村子插秧。东家们对我很好，他们会给我双倍的工钱。吃饭时，他们还会往我碗里夹肉，他们铆劲地对我笑："这孩子真乖！"

等到田螺在家乡的田滩上疯狂地生长，我还会起个大早，挎着篮子，盘起裤腿就往田滩上跑。等别人吃完早饭再去捡田螺时，我已经满载而归，跑到集市上去卖了。三斤田螺肉可以卖五块多钱，又可以多添两张渔网，多捕几斤鱼，多卖几个钱，我笑得简直合不拢嘴。

直到我十六岁那年，我已经攒了五千多块钱，我终于可以去城里上重点高中了。晚上，我做了一个梦，我梦见阿爸用自行车载我去学校报名，我搂着他的腰，他已经好久没有对我说："儿子，快看，下雪了耶！"

我想伸出一只手去亲吻雪，可雪却变成了一个个硕大的冰雹，我被吓醒了。阿弟站在我的床头，哭得泣不可仰。他支支吾吾地说："哥，钱，我们读书的钱没了。"

"什么？"

"被偷了。"

我立马跳下床，拉开衣柜，存钱罐空荡荡的，像一张残缺不整的渔网，讨不来青春的盛宴。

我不再去捕鱼了，阿弟也不去打玻璃弹珠，阿妈也不去卖菜，我们仨愣愣地坐在桃树底下，邻居们看了都唉声叹气。

有个晚上，我又做梦了。我梦见冰雹砸破了我的脑袋，打穿了我的课本。

“啊，不要！”我惊魂失措地朝它哭喊。

突然，有一只手搭在我的肩膀上：“哥哥，快，快醒醒。”我睁开眼睛，阿弟正拿着一沓钱冲我笑：“哥，我一大早起来就在门口看到这么多钱。”

我的鼻子一酸。

后来，听小张飞说，那些钱是村里人凑给我读重点高中的。在他们看来，我是一个勤奋孝顺的孩子，将来一定会出人头地，能为村里争光。

多少年后，我也如愿上了大学，成了一名青年作者。有一年冬天，我去邮政局取稿费时，我在街头看见两个穿着破烂的小孩，他高兴地拉着她的手，他们在捡破烂，他们都是盲人。但我相信他们能听见雪打在瓶子上的声音，因为每个人的青春都可以像雪一样纯净，像雪一样精彩。

倾听花开的声音

▶ 文 / 胡识

世界上最快乐的事，莫过于为理想而奋斗。

——苏格拉底

我收到“第十八届全国草原夏令营”征文大赛获奖荣誉证书的那天正在房间里写另一篇文章。我会隔三差五地敲键盘把我写的故事发在网络上，我不敢向杂志社投稿，我生怕编辑会嘲笑我写的东西。但自从获奖以后，我便开始疯狂地读书，去图书馆查阅相关资料，痴迷于写作和投稿了。

我读高中时的梦想是考一所好的师范大学，念汉语文学专业，我喜欢写作。但高考那年，我并没有取得好成绩，转而进了一所医学院。我对老师说，我不想再学医了，书，读不下去。

老师沉默了一会儿，然后递给我一份杂志，她说里面登载了一篇全国征文大赛活动启事，她要我参赛并且得拿奖，不然会没收我的电脑。为了能够继续写作，坚持梦想。深夜，我一边吮吸着窗外的百合花散发出的香味，一边聚精会神地用键盘敲打我的字字珠玑。最终，三易其稿，完成了我的参赛作品。

等待出成绩的日子总那么漫长，我的心情就像夏天的蝉儿不停地在耳边聒噪，我每时每刻都惦念着大赛的结果。我还会在午休时做梦，我梦见自己在内蒙古大草原的颁奖典礼上抱着奖杯，会场里的掌声不绝于耳，我笑得比草场上的百合花还要妖娆。

记得读初中时，我就特别喜欢把在杂志或图书上看到的优美句子抄在两块五毛钱的本子上，我抄了三年句子，抄了好几个本子。每次同学写作文想不出好的名言名句，我都会把本子借给他，他看着我那歪歪扭扭的字体，总会得意扬扬地嘲笑我说："鸡架子，你不但读不到书，连你写的字也是鬼画符，你对得起这些大作家吗？"我简直快气傻了，将本子又夺回来，气急败坏地说："你借我的东西不给我汽水喝就罢了，还嘲笑我，我会让你后悔的！"但我个子矮，又瘦，我打不过他。我只好偷偷地继续抄句子，并发誓一定要成为一名大作家，写出很多发人深省的文章。

后来我念高中了，每次上语文课我都不听讲，我就是拼命地写文章，一边写又一边小声地朗诵。直到毕业，我已经在三本厚厚的记事本里创作了四百多篇文章，至今都被我收藏在爷爷送给我的盒子里。我曾抄了三年的句子，写了三年的文章，可我却没有创造一个好的自己，因为我成了同学中最差的那个学生，沦落到一所我不喜欢的大学。

在大学学中医，我实在太压抑了，感觉每天都无所适从，我便开始接触网络，玩 BBS，我将自己写的文章发在学校的贴吧里。我看别人写长篇小说，都会在题目后面加上"连载"两个字。我不懂，便问一位网名叫"土炮"的朋友，那是什么意思。土炮说，那就是持续更新的意思。我长长地吸了口气，感觉特别开心，像收获到战利品。我立马翘课跑到学校网吧，将我的帖子也加上“连载”两个字，然后每天晚上都跑到网吧，像打了鸡血的战斗机更新我的东西。

可有天老师却把我叫进办公室，她说我这样痴迷于写作会严重影响到我的专业学习。但我并没有向她妥协，因为每个人都有自己选择的权利，每个人都得坚持梦想，我的梦想并不是成为一名医生，而是一名作家。值得庆幸的是我并没有输给老师，因为我最后获得了全国文学大赛奖，还被邀请去内蒙古参加颁奖典礼，而且我在大学也算得上品学兼优，几乎每个学期都拿奖学金。

我喜欢马云说的这句话：梦想还是要有的，万一实现了呢？当然，有了梦想后，我们还得坚持不懈地努力。因为只有努力，我们才有可能从渺小变得强大，从揣怀梦想的此岸到达拥抱成功的彼岸。

那片海，被风吹干了忧伤

文／江中阿识

一个人只要他有纯洁的心灵，无愁无恨，他的青春时期，定可因此而延长。

——司汤达

以前，每次听到阿妈、阿弟和村里人管我叫鸡架子时，我总会恨得咬牙发誓，这辈子一定要多吃饭，多运动，不做狗（不生病的意思），把自己养得胖乎乎。后来有一年，我还真做到了，他们再也没管我叫鸡架子，都认真地喊我的名字，还给我零食吃。就此，我可乐坏了。

可好景并不长，不幸运的事接二连三地发生在我身上。我多想吃点饭却没得吃，我多想运动却没得时间，阿妈总把我叫到地里跟她一起劳动。小伙伴们都说我不能和他们一起愉快地玩耍，他们嘲笑我是个娘们，连女孩子做的事我都得做。

阿爸好几年也没有回过家，每个晚上，我们仨就并排坐在泡桐树底下，一会儿看看西边，又一会儿瞅瞅南边，我们压根就不知道广东在哪儿。

隔壁的老爷子说，风吹来的方向就是深圳，他老长的鼻子常常能闻到鱼腥味，他还说他在收音机里听过一首歌，叫什么《春天的故事》来着，他只记得有这么半句歌词这样写着，“有一位老人在中国的南海边画了一个圈。”

老爷子的大娃就在那个南海边捕鱼，他捎信回来时提及过我的阿爸，他说有一次在海边看到过他，他俩还互相给了烟，抽完烟，我的阿爸就一瘸一拐地消失在好几万个人头里。可从那以后，他就再也没有看到过我的阿爸，但值得肯定的是，他也一定在那座城市。

听老爷子这么一说，我们仨从此以后就将眼睛挪到风吹来的方向。

我们仨以为人生的每一场风都是温暖的，然后我们连饭都顾不上吃，就是拼了命地站在泡桐树下昂起头。结果，一场邪的风却把我给刮倒了。那一年，我罹患上一场大病。阿妈便每天抹着眼泪坐在床头，她说，我今后连做鸡架子的资格恐怕都没有。可我不信，我举起手招来阿弟，阿弟看看她又看看我。

她是阿弟玩的最要好的小姑娘，他俩常一起跳格子，扭皮筋，每次我想加入他们，她总是气急败坏地说：“鸡架子，你给我走开。”我只好悻悻地跑到屋里打开黑白电视机，虽然那电视机里从没有出现过人，但我还是很喜欢听那“沙沙”作响的声音。我记得小人书里说过，海边有很多沙，如果起风了，那些大大小小的沙就会落遍整个世界。我猜，电视机里的“沙沙”声应该也来自海边。但有很长一段时间，我并没有找到我们仨想要的那片海。

我的海后来成了阿妈的泪花，也成了阿弟的鼻涕。隔壁村的老中医说我熬不过那个秋天，他把我比成家门口的一棵长满蛀虫的小泡桐树。那年春天，那棵我曾和阿爸一起栽下的泡桐树确实没有开出紫蓝色的喇叭花。我们仨以为它可能要晚点才会开花，于是忘了给它施药。

阿妈跪在地上不停地摇晃老中医的手，老中医实在拗不过，他只好答应阿妈，把我死马当活马医。老中医给我开了一个方，阿妈便负责给我熬药，阿弟负责帮泡桐树捉虫，我则躺在阿妈和阿爸睡过的被子里想象那一片海。

在那片海，我看到有一个男人款款地迎面朝我们仨走来，他手里抱着很多很多颗荔枝，深红的个头，圆滚滚的。他要出去闯荡的那天就答应过我们，回来时会给我们带好多好吃的。只是，还没等我来得及伸出手，他和那些荔枝就消失得无影无踪。我只好沿着那片海，又撕心裂肺地喊他的名字，我希望他能够听见。

也就是我想象海的那天，阿妈把我和阿弟带到了村旁的河边，阿妈说，如果有天我也去了海里（死的意思），她就和阿弟一起跳进河里。

阿弟听后就扯着我的衣角说："哥哥，你说我们在海里还会见面吗？"阿弟把眼前的那条看不到尽头的大河比作海。于是我又想起小人书说的那样，河水河水，你要流到哪里去？我要流到小江里。江水江水，你要流到哪里去？我要流到大海里。

我笑了笑，对阿弟说："能，一定能！"

也不知道是什么原因，再后来，我们都没流进大海里。那个被桐花洗劫的春天，阿爸在河岸找到了我们。结果，我们四个人彼此深情地望了好久。

我和阿弟扯着阿爸的手问："阿爸，你说，海长什么样呢？"

阿爸说："等你们长大后就会知道。"

我又回过头问阿妈："那什么才是长大呢？"

阿妈看了看阿爸又转向看着我，说："长大，就像我和你的阿爸一样。"

如今，我成了一名中医生，每次再接触到一些带有海字的草药，我的脑海里不禁又浮现出那片海。说真的，我现在长这么大，还没有看到过海。

阿弟从海边打电话对我说："哥，我看到海了，可它怎么比我们家的河要小很多啊？"

我听后真感觉奇怪，海怎么会比河小呢？这时，小人书里的一句话又映入眼帘：其实，每个人的心里都住着一望无际的水，它比海要大得多，人们便乘坐着风在那方水里游来游去。

我的病也就是水给治好的，当然里面加了很多味草药，都与这世间的情感有关。所以，当我今天再听到有人管我叫鸡架子时，我也不觉得心疼。

那已是她全部的爱

文 / 李兴海

一个人和另一个人心灵之间的壁垒是永远也没有办法打破的。心灵真是孤单得可怕的一件东西啊！

——泰戈尔

我清楚地记得，第一次高烧呼唤时，她正坐在隔壁暗沉沉的屋里，噼里啪啦地打着麻将。她不但不予理会，反而气势汹汹地骂我。后来，我在一片输赢交错的嚷嚷声中晕倒了过去，她才嘀咕着让人将我送到医院吊瓶。

临近完毕的时候，她故作焦急地姗姗来迟。我看着床头冰凉的药水，一点一点地进入我的身体，注视对面小孩的无微不至的母亲，忽然泪落如雨。不知为何，我心中涨满了无数委屈。我不明白，为何别人的母亲能够毫无保留地将全部的爱倾注给自己的孩子，而她却做不到。

小学六年级的时候，班上组织夏令营，我兴奋异常地跑到家中，向她央求活动费用。她冷如冰霜地坐在麻将桌前，自顾玩乐。片刻后，她输了钱，而我并不知道。我以为，那一局已经正式完毕。于是，再次鼓足勇气，向她说明了来意。

结果，我不但没能讨到夏令营的费用，还莫名其妙地被狠狠痛打了一顿。最后，是旁边的阿姨们看不下去了，夺走她手中的皮条，这场战役才不得不宣告结束。

班上所有同学都去了，唯独我没有。出发的那天，贴满卡通图案的大巴士轰隆隆地经过我家门前，我蹑手蹑脚地躲在门缝后面，偷窥那些熟悉的笑脸。我的双眼，又一次宣泄出委屈的泪潮。童年时候唯一一次可以外出欢乐的机会，就这么在一场充满痛哭的麻将桌旁无辜夭折了。

中学的第一天，我心里充满了快慰。因为学校离家太远的缘故，我不得不选择寄宿。终于，我和她被远远地隔开了。第一个周末的月夜，寝室里的所有同学都哭了，除我之外。我伏在冰凉的床沿上，望着天上的朗朗星空，独自窃喜。这是我第一次拥有自由的夜晚。

去省城念高中后，我明明两周可以回来一次，却偏要待足整整一月，直至最后身无分文，弹尽粮绝。她从不会来学校看我，更不会主动询问关于我的生活的概况。我与她，越发成为了最熟悉的陌生人。

高考填报志愿，我毅然写下了三座千里之外的南方小镇。当她看到录取通知书上的大学地址，笑容即刻僵硬在微微皱褶的脸上。我暗自庆幸，不久的将来便要与她彻底分开。

临行前，她没来送我。我提着偌大的箱子，独自走上清晨荒凉的街道。拐角处，我到底是回了头。这一刻，我看到了她悲凄的面容。她一动不动地立在门口，像站岗的哨兵一般，目送我的离去。

大学第二年，因为恋爱问题，我和她又爆发了轰轰烈烈的内战。我不顾学校反对，私自在餐厅找了兼职。而后，拒绝了她的所有费用。

毕业前，她破天荒地打电话给我，漫不经心地问，要不要回来？回来的话，比较好找工作。我沉默了许久，最终还是故作冷漠地告诉她，决定留在了这座南方小镇。

第一次给她家用时，她在电话里哭得像个孩子。我眼前忽然掠过一个贫困母亲的一生，以及这一生中的所有雪雨风霜。

我从不曾想过，在那些艰苦孤独的日子里，为了生活的继续，她必须先要懂得爱自己。而她给予我的这些不曾让我感动过的青春岁月，实质已浸满了她全部的爱。

少年错

文 / 告白

在幸运上不与人同享的，在灾难中不会是忠实的友人。

——伊索

中考过后，周小勇拿着一本厚厚的同学录来找我。我记得那天他泪流满面的模样。我们共同以为，这一次的分开，便是永久的别离。我们会像其他中学里的死党一样，被命运残忍抛开，在不同的集体里认识不同的人，并结成新的死党。而后，对这一段含泪带笑的回忆置之不理。

我有些哽咽。我没说话，伸手将同学录翻到最后一页，用黑色的签字笔写下了“友谊长存”四个字。这四个字像一个快要消散的梦，让我们彼此伤感。

天意弄人。两个月后，我和周小勇又在同一所学校的男生厕所里狭路相逢了。他的瞳孔无限扩大，面目狰狞，就连嘴巴里那根宝贵的劣质香烟都颤抖得掉落在地。

恼人的上课铃声阻断了我们的高谈阔论。周小勇一面小跑着赶往教室，一面回头嚷嚷着让我放学等他。放学后，我在校园小卖部门口手握两根伊利雪糕，神情呆滞地守望着高一部教学楼。

周小勇仍然是个倒霉蛋。他刚呼哧呼哧地跑出来天上便扬起了蒙蒙细雨。周小勇说，在雨中潇洒漫步吃雪糕的男孩帅呆了。为了追求这个虚无缥缈的帅字，我放弃了一切可以骗到伞的机会，陪着身体臃肿的周小勇慢慢地走在雨中的小路上。

事实上，不到五分钟我便和周小勇成为了世界上最衰的花季男孩。瓢泼大雨不但将我们手中的雪糕一扫而光，还创造了两只一胖一瘦的“马路·落汤鸡”。

正当我和他嬉笑着走上铁桥时，忽然从雨中传来了微弱的救命声。先前，我们都看过一些以声索命的恐怖故事，因此对于这种情况不约而同地保持了沉默。

呼救声越来越大，那歇斯底里的哭喊，让人闻之心碎。我和周小勇先后停在了铁桥上，凭高四处搜寻着落难者的所在地。

稠密的雨线阻挡了我们的视野。呼声在雨中变得越发焦急、恐惧和混乱。因雨打江面的缘故，我们实在找不到声音的发源地，只能靠肉眼在有限的范围里迅速搜查。

终于，我在不远处的栏杆上看到了河里的求救者。那是一位身穿蓝色校服的女孩。

她瘦弱的身躯在浑浊的河水中摇摆，仅露出一副雨泪模糊的面孔。冰凉的河水扑打在她的脸上，将她卷入湍急的河流里。水花过后，她又借着杂树的力量，艰难地将头顶出水面。她的双手，始终不肯松开低垂到河岸上的枝干。

周小勇的怒吼使我打了一个冷战。他紧锁眉头，朝我大喊了一声救人后，独自跳入了河中。女孩的双手虽然依旧紧拽，但身体却在一点点向内偏移。如果树枝断裂的话，她势必会被湍急的河流卷去。这样的故事，我和乐天派的周小勇都听过不少。

看着周小勇在河中奋力扑游的背影，我始终都没有勇气跳下去。我在想，如果连我也跳下去了，那谁来拯救翻滚河流中的我们？

事实正如我想象的那样。笨拙的周小勇在此刻的河流中完全不堪一击。他的衣服在浑浊的河面上一起一落，一隐一现。如果我跳下去的话，情况可能会稍好一点。因为我的游泳技术远远胜过周小勇。

大雨中的河流像一条腾跃的长龙，吞噬了紧紧抱住的他们。树枝已断，一切恍然成了定局，不容我再有丝毫权衡的余地。

直到最后断裂，周小勇朝我挥手求救的那一刻，我都没有勇气纵身一跃。骨子里的懦弱和自私，让我在瞬间恨透了自己。

事情并不如我想象的那样。一个雨天撒网的农夫在半路拦下了他们。

之后，我去了另外一所学校。而周小勇，再也没来找过我。我们那份“万古长青”的友谊，如同那天救命的树枝一般，在悲绝的呼喊中混入了奔腾的河流。

岁月一路匆匆呐喊着朝我耳旁飞过。此刻的周小勇，早已沦为劳动市场的板车夫。他时常出现在我所居住的小区楼下，帮搬迁的用户驮运家具。每每从窗外看到他，我的眼前都会闪过一条浑浊的河流。我再没向我的后辈们提过勇敢二字。

命运总是将我推到荒唐的剧情中去。我亲眼看着板车上的绳索忽然散开，一个笨重的衣柜顺势滑落，将弯腰行进的周小勇砸倒在地。

背着昏迷的周小勇往急诊狂奔的时候，我有种赎罪的坦然。这些年，我只要闭上眼睛，就能看到那天他们两人的双眼。我想，如果时光再给我一次机会的话，不论生死，我都会随他而去。

周小勇醒来的时候，到底认出了我。他的原谅在嘴角慢慢扬起。我才说了一句“这些年我过得好苦”，便抱着他嵌满勒痕的肩膀，嘤嘤哭了起来。

秋 水

▶ 文 / 王举芳

伟大的心像海洋一样，永远不会封冻。

——白尔尼

"山村的秋天，赤橙黄绿青蓝紫，你喜欢什么颜色，它就有什么颜色。"秋水一双大眼睛清澈明亮，仿佛一面镜子。

"有你说的那么美吗？"文嘉眯着眼睛看着秋水，语气里几分怀疑。

"真的，我不骗你，不信，你跟我去乡下看看。"

"去就去！要是没有我想要的颜色，有你好看！"看文嘉去房间收拾行李，秋水笑了。

秋水 16 岁，今年刚初中毕业，爹对她说："一个丫头，上个初中就行了，这么大了，该帮衬家里了，你弟弟可是一定要上大学的。"对于爹的话，秋水一句怨言也没有。村里同龄的女孩子上初中的都不多呢，她觉得自己已经够幸运了。

掰完玉米，田里的农活基本结束了，秋水不想窝在家里，她想出去挣钱，但爹不同意，爹说："外面的花花世界啥人都有，被骗了咋办？"

秋水去找憨子叔，他的女儿静雯在城里的一家中学当老师。

"秋水，你能辅导得了小学生的功课吗？"憨子叔说。

"能！我的学习成绩很好的，我保准辅导得了！"就这样，静雯把秋水介绍到了文嘉家，负责给文嘉辅导功课。文嘉今年 13 岁，上小学六年级。

下了公交车，文嘉左右张望。深秋的田野一片衰败的景象，除了柿子树梢几枚残留的柿子招摇着一抹黄，难寻其他颜色。

"秋水，你个骗子！我要回家！"文嘉气呼呼地往回走。

"文嘉，我没骗你。你相信我。走，我带你去个地方。"秋水拉着文嘉的手，向村后走去。

一座破旧的房子外，一圈长长的篱笆墙，篱笆墙上开满了各色的喇叭花，素雅的粉白、艳丽的深红、夺目的酱紫，每一朵花都开得那么热烈。

"这是什么地方？"文嘉问。

"嘘！不要大声说话，学生们正在上课。"

"周末也上课？"

"周老师是唯一留下来的老师，身体不好，所以只能趁她身体好的时候上课，也就不管是不是周末了。"

不一会儿，放学了，孩子们似一只只蝴蝶飞了出来。

"周老师！"秋水跑过去扶住慢慢行走的一位老妇人。老妇人苍白的头发，沧桑的面容，身子瘦得像一枝野菊，但她的眼神亮亮的，秋水一样清澈。

文嘉走进低矮的教室，不由大吃一惊：屋子的墙壁上有很多裂缝，墙皮黄黑，有的地方已大块脱落；课桌张张"面容憔悴"；有的凳子，腿都是不同的木材组合成的……这与她所在的宽敞明亮的教室相比，真是不可想象。文嘉要不是亲眼所见，真的想象不出还有如此残破的教室。“在这样的教室里上课，多没有安全感啊。”文嘉不禁说。

“是啊，可是，能有什么办法呢？原来村子里的大多数人家都搬到镇上去了，只剩一些特别依恋故土的人家还在坚守着。而留下来的人基本都是中老年，家境几乎都不怎么富裕，谁还有心思修建学校呢？”周老师说完这些话，坐下来大口喘着气。她说她患有肺气肿，如果哪天自己不行了，恐怕再也没有人来教孩子们了。

回城的路上，文嘉眉头紧皱，表情深沉。

不久，一个工程队来到学校，测量、画图设计、打地基，没用多长时间，一排崭新的瓦房建起来了。搬进新教室那天，孩子们高兴得手都拍红了。

原来，文嘉把自己拍的照片给爸爸看，她知道爸爸一定会帮助那些同学。她的爸爸不仅是企业老板，还是一个慈善家。

秋水用尽全力辅导文嘉，文嘉考进了市里的重点中学，得到这一消息的第二天清晨，秋水悄悄地、放心地离开了文嘉家。

秋水要回乡下去，接替周老师教村里的孩子们。她当初进城打工挣钱并不只是为了弟弟，给村小学盖几间新教室才是她的最大梦想。

温暖的太阳照着崭新的教室，明亮的教室里，周老师正教孩子诵读“自古逢秋悲寂寥，我言秋日胜春朝……”秋水禁不住在心里暗暗说：阳光真美，周老师真美，这个世界，真美！

用透明的心牵手而行

文 / 王举芳

装假固然不好，处处坦白，也不成，这要看是什么时候。和朋友谈心，不必留心，但和敌人对面，却必须刻刻防备，我们和朋友在一起，可以脱掉衣服，但上阵要穿甲。

——鲁迅

每当新月如眉，我就会想起曾经相依相伴的同学，那段日子散发着百合花的馨香，两个眉如新月的女孩，把纯真而妩媚的笑容牢牢地定格在了我的记忆里。

那时去城里上初中，我们三个素不相识的女孩被分在了一个宿舍。老师安排周玲做舍长，她长得很漂亮，乌黑的长发，一双乌溜溜的眼睛像是会说话。她还是个典型的时尚妹，每天上午和下午绝不穿同一件衣服。另一个女孩叫张华，老家在河南，是同学中唯一的“外来户”。最后一个是我，来自农民家庭，连咳嗽一声都带着泥土味，因为深感自卑，所以不善言谈，只有默默做事。

周玲外表时尚，但内心很善良。

每当新月如眉的日子，张华总是一个人站在宿舍的阳台上，静静地看。有一次都深夜了，她还不肯回屋去睡，周玲悄悄对我说："只要张华不睡，我们就一直陪她，这是命令，谁都不许违反。"我们真的陪她到了凌晨。后来才知道，她是在想念她的妈妈，她的妈妈去世的那天晚上，天上就有一轮新月。从那以后，每次新月初升，我们都陪张华一起怀念她的妈妈。

有和谐的"美景"，也有摩擦的"伤痕"。

那天，周玲气呼呼地跟张华大吵起来，原来，张华明知道老师要检查宿舍，吃完饭桌上的垃圾没有清理，周玲被训，还有被撤掉舍长的危险，她硬说张华是故意的，两个人从此见面怒目相对，水火不容。

她们两个不说话，宿舍里没有了嬉闹声，变得寂静无声。怎样才能让她们和好呢？我左思右想，没有想出好办法。

那天课间操，同学们正聚精会神地做操，不知从哪儿飞来一只篮球，一下砸在了周玲的脖子上。周玲一个趔趄跌在地上，我赶忙叫了张华，张华愣了一下，随我跑过去扶周玲，我俩扶着周玲回教室的路上，我说："你看，咱们聚到一起不容易，何必为了一点小事伤了我们的友谊，你们俩都比我聪明，这道数学题应该算的很清楚啊。"

周玲一副冷眼看世间的态度，张华一生气，不扶她了，独自向前走去。我对周玲说："舍长，你是咱们宿舍最大的官，你就不能拿出点风度来？大丈夫，可是肚子里面能撑船的，一条船都能撑，还容不下小小一个张华？再说张华也不是故意的，你知道她平时就丢三落四的，你不是还对我说：'她离家远，不容易，咱们要多体谅关心她'吗？"周玲笑了，喊张华："张华，你跑那么快干嘛，今天我都受伤了，你就不能可怜我一下啊。"张华回过头来，也笑了，一切云开雾散。

三年的时光过得那么快，转眼就初中毕业了。我们三个考上了不同的高中，只好依依不舍地分开，但我们那纯真的笑脸，真诚的友谊，早已在彼此的记忆里深刻，挥之不去。

看到天边的新月，就想起那些美丽的日子，美丽的友情，于是，用长长的电话线连接起短短的问候。不管隔着多远的距离，我们都会记得那片清澈的天空下，有三个女孩曾以透明的心牵起手，就会有温暖和快乐浸入心髓。

拥有友情，是永久的幸福，就算隔着茫茫人海，隔着霓虹闪烁，隔着高楼时空，总有一轮新月是我们共有的……

一路歌声

文 / 王举芳

> **我生活中什么是最重要的呢？我可以毫不犹豫地回答说：爱孩子。**
>
> ——苏霍姆林斯基

“太阳当空照，花儿对我笑，小鸟说早早早，你为什么背上小书包。……”每当听到这首歌，就想起了我的小学时代。这首歌是我第一天上学，我们的班主任张民老师教给我们的。从此，歌声，陪伴我度过了一个个春夏秋冬，直到今天。

每天上课前，张老师总要带领我们唱一首歌，在愉快的歌声里，我们精神饱满地汲取着知识的营养，快乐地成长为一名名少先队员。从此，少年先锋队队歌就成了我们每天必唱的歌曲——我们是共产主义接班人……少先队员是我们骄傲的名称……

五年级的那个夏天，是我们小学生活的最后一个月。我们正安静地上课，突然，张老师如一枚叶子般倒在了讲台上。村里的医生说看不了，得去县城的大医院看看。张老师醒来后，执意不肯，他说现在是我们升学的关键时期，不能耽误，只喝了几口水，就继续给我们上课。

临近升学考试，上课前没有空余的时间唱歌，张老师就带领我们在上学的路上和放学的路上唱："少年，少年，祖国的春天……""让我们荡起双桨，小船儿推开波浪……""妈妈的吻，甜蜜的吻，叫我思念到如今……"

张老师的肚子里总有唱不完的歌。因为歌声，我们班的学生每天总是精神焕发，神采奕奕。学习成绩自然也是年级第一。是歌声，为我们插上了飞向理想彼岸的翅膀。

"静静的深夜群星在闪耀，老师的房间彻夜明亮。每当我轻轻走过您窗前，明亮的灯光照耀我心房……"每当走过老师窗前，老师的身影映在玻璃窗上，或埋头深思，或奋笔疾书，我知道，那是老师在写教材，为了培育我们早日成才，老师付出的是呕心沥血啊……

收到县重点中学的录取通知书，我们激动地飞跑到张老师家。张老师家里却锁着门。邻居说张老师住院了。

病床上，张老师的面容很憔悴。师母流着泪悄悄告诉我们：张老师得的是白血病，已经没法治了，其实几年前就知道的。早让他住院治疗，他说与其躺在病床上等死，不如好好教一届学生……我们都哭了。

张老师笑着对我们说："人总是要死的，不过是有的早些，有的晚些罢了。看到你们一个个茁壮成长，是我最幸福的事。我自己没有孩子，感谢上苍让我成为了一名老师，拥有这么多好孩子……"

"唱支歌给老师听吧，来，我领头：唱出你的热情，伸出你的双手……让我们期待明天会更好……"

张老师永远地离开了我们，但把歌声永远地留给了我们。

每当想起您，敬爱的张老师，一阵阵暖流在心中激荡……

被虚度点亮的青春

▶ 文 / 告白

亲善产生幸福，文明带来和谐。

——雨果

我与他自小便是被家长们拿来作为比较的对象。尽管我们是同一个大院里同一棵槐树下长大的孩子，却有着泾渭分明的性格差异。譬如，我天生就喜欢读书，只要有四五本连环画在手，便可以一个礼拜不出门，不与任何伙伴来往。大院里的长辈们都说，我天生就是读书的料。事实上，也的确如此，我的成绩一直稳稳当当地名列前茅，直到后来安然地升入中学。

母亲时刻告诫我，不要与他们来往，他们这样的人，不学无术，长大之后一定不会有出息！

而我，自始至终，仿佛都是同辈孩子们的榜样。他们的父母习惯性用自己的孩子来与我作比较，以此激励他们，努力学习。

为了保持这样的现状，我不得不寒窗苦读，不得不在人前装作一副乖乖儿的模样。当大院里同龄的伙伴们对我心生怨恨，敬而远之的时候，我虽然心生忧伤，却还是得表现出一脸不屑的清高模样。

有那么一段时间，我觉得累了，自己实在是做不了百分之百的好学生了。因为，早恋这一个可怕的魔鬼已经悄悄地深入我的骨髓，我恍然发现，淡蓝的日记里，几乎每一页都写满了一个同班女生的名字。我无时无刻不在想念。

我惊觉，甚至有些悲伤。我试图想要改变这样的困惑和无奈的处境，但仿佛我的一切努力都会在碰见她的那一秒里成为徒劳。我似乎成了坏孩子。于是，我渴望融入他们的行列，即便，不再拥有人前人后的光环，但至少我可以按照自己的意愿，随心所欲的虚度一次。

午后，我站在大院门口徘徊了许久，等待他们到来。半个时辰后，他们终于来了，肆无忌惮的欢笑声夹杂着响亮的口哨，呼呼地骑着自行车闪过我的身前。我很努力地想要叫出他们的名字，可伸长脖子踟蹰了许久，还是没能叫出来。

我像一个无知的孩子，在岁月的站台上安安静静地等待着临检，一步也不挪动。当那些熟知的朋友偶尔说出他们旷课之后的恶作剧经历时，我几乎瞪大了眼睛，怀疑，这不是历险记中才有的经历吗？他们笑我，反问我，是不是我从来没有做过那样的事儿。我说，有，我当然有！很多！

我不想告诉他们没有，因为，我不想连最后的这几位稍微可以说笑的朋友都失去。要知道，年少时的隔阂，很多时候，往往只是一句话，一个眼神而已。

中考的到来，注定了我与他们必须分道扬镳。他们成了另外一个世界的孩子，去感受云淡风轻，社会的辛酸，而我，仍然在四面高墙中继续着悲苦束缚的求学生涯。

有几次，我站在布满了脚印和泥污的高墙下，想要像当年伙伴们说的一样，跳起来，双手抠住墙壁里的裂缝，一步一步攀援上去。可站了很久，我都没有跳跃起来的勇气。我恨极了自己，在这面与世隔绝的高墙之下。

我只能继续乖孩子的痛苦生涯，继续着十年不变的两点一线的生活。从家到学校，再从学校到家，高昂着头，对着春夏秋冬，虽然前方种满了惊羡与赞许，内心却还是止不住莫名的忧伤。

慢慢地，我被一种充实和希望所笼罩，由向往坏孩子的完整童年，到厌恶所有虚度时光的人们。于是，我开始了轰轰烈烈的衣锦还乡计划，企图用最辉煌的人生来报效我的父母，诠释我的青春。至于那位填满我日记的女孩，也在这个热血沸腾的计划中，淡然隐匿。

很多年后，我的大学时光结束，自以为光鲜亮丽地回到大院门口。殊不知，完全没有我想象中的恢弘场面。即便是当初最喜欢用我与自己孩子作比较的长辈，也只是微笑着与我寒暄。

顺着小路缓缓行进，我的内心充满了一种被时光戏谑的哀怨。

同学聚会如期而至。我站在一群西装革履的旧朋中，忽然不知自己该往哪儿去。曾经早早脱离高墙束缚的，被长辈唾骂，被我所轻视的那些虚度时光之徒，已经在社会的洪流中站稳了脚步。人生，已开始寻走多年。而我，依旧是那般懵懂的模样。当年，是被他们的历险奇遇所吸引，如今，又被他们的传奇阅历所打动。

很多同学互相寒暄，拥抱。那些曾在班上让人望而生畏的坏孩子们，几乎没有一人将他们忘却。唯独我这个曾经被老师所庇护的尖子生，在一片哄笑与热切的交谈中，渐渐感受到了时光的残忍的冷漠。

与这些曾经虚度年华的孩子相比，我原本以为，我有了一段足可自傲一生的年纪。那么充实，那么温存。却不觉，自己在循规蹈矩的同时，也无可避免地被一柄名叫孤独的利剑所点亮。

凝视昔日的荒唐

▶ 文 / 告白

心灵建造了天国，也建造了地狱。

——弥尔顿

午后烈阳，同桌硬把我从网吧里揪出来，横街过市。一路上，还不忘三番四次地叮嘱："俺的终身大事就全靠你了啊。"我三步一停地被他拖着走，狼狈至极。最后，他终于在一家奶茶店门口气喘吁吁地停了下来，从口袋里掏出一封淡蓝的信件递给我，一本正经地说："现在，你是我哥，小弟的幸福，就全拜托你了！"

关于送信的事，他跟我提过的次数不下一百八十遍。这次，总算是来真的了。他把我拽进奶茶店，狠心点了两杯长岛红茶，一面小口小口地抿着，一面咕哝咕哝地跟我说那女生的模样。我说："不用了，不用了，到时候你指给我看就成了。"

非常遗憾，那天下午同桌失算，那女生根本没按平时的作息出门，于是，我只能厚着脸皮坐在幽凉的奶茶店里，露出膀子，喝了整整四瓶长岛红茶。同桌几乎是哽咽着央求我："喝慢一点，行不？你要知道，这可是我一周的零花钱，做人不能那么不厚道！"

天知道，我多希望那个胖乎乎的小女生晚些出来，这样，我便可以再吃一个和路雪的冰淇淋。正当我张开血盆大口，预备将第四杯长岛红茶尽数歼灭的时候，原本死气沉沉的同桌猛然回头，一把捏住了我的吸管，急切地喊着："出来了！出来了！"

我差不多是干咳着嗓子跑过去的。他那一捏，让费尽全力的最后一吸扑了个空。我险些没把先前喝下去的几杯红茶给吐出来。同桌似乎怀恨在心，不想让我有任何喘息之机，未等我缓过神来，便将我推向了马路。

那个午后，我具体对那个女生说了些什么，我自己也不清楚。反正眼睛里咳得满是泪水，嘴边还挂着刚吐出来的长岛红茶，含糊不清地说了几句话，那女生就把信给收下了。

接下来，我成了被收买掉的长期邮差。隔三差五地就去给那女生送信。我甚至怀疑，那女生到底知不知道是谁给他写信。因为我那丑陋的同桌，自始至终都不敢以真面目示人，也不曾在信中夹寄过照片。

"那女生漂亮吗？他有对我说什么吗？"诸如此类的问题，他问过我很多次，我每次皆以笑笑了之。因为我心里已经有了暗恋的对象，那便是我前排的长发女生。

那是一位多么柔美的姑娘啊。在她脑后束起的马尾，像一捧鲜花一般地溢着清香。她的脖颈雪白，指如春葱。最要命的是那双乌黑的眸子。倘若不是她那么多次回头，挤眉弄眼地央求帮她修改作文，我想，我是决然不会喜欢上她的。

同桌给她递上第一封情书的时候，我正和那个不知名的胖女生在门口吃红薯。两个人像傻子一样站在寒风中，一面吃着廉价红薯，一面等待着同桌出现。

他一直不曾出现。最后，我的恼羞成怒让那胖女生断定，我就是信中向她表白的男孩。我几乎欲哭无泪。回到教室，班上里顿时响起一片嘲讽的掌声。试想，一位 1 米 77 的高个男孩与一个 1 米 52 的矮胖女生谈恋爱，是何等滑稽的新闻？

同桌冷漠地看着我，直到放学，他都不曾向我解释整个事情发展的始末。原来，给那个胖女生送去的信件上所留的名字，全部都是我的。同桌之所以要这么做，是因为他和我喜欢上了同一个女生。而他显然知道，这位前排女生所中意的男生，是我。

年少的仇怨就是这么在莫名之间纠结成形的。当同桌以猛烈的攻势夺得前排女生的赞许时，已被冷漠的我，不得不以远视眼的借口申请调后。

彼时，曾以为地老天荒的友谊，就这么在渐行渐远的疏离中无故香消玉殒了。我一个人吃饭，一个人坐一张桌子，一个人站在奶茶店门口喝长岛红茶，看同桌用陈旧的自行车载着前排女生招摇过市。泪水滂沱如雨。

我想，我的好意退出，只能招来更多人的误解。于是，我决定澄清事实，或是给卑鄙的同桌来一个小小的教训。

我给那位前排女生写了一封绵长的信。信中，尽数了整个事情发展的始末，包括同桌所耍的小伎俩，以及在我内心压抑许久的朦胧情愫。当然，揭发他们早恋的信件，不仅是任课老师收到了，他的父母，也不例外。

就这样，不到一日，浩浩荡荡的检讨与家长会让同桌恍然丧失了往日的风采。前排女生被调到靠墙的角落。而同桌，终因抵挡不住流言与蜚语，成绩一落千丈，不得不转学留级。

昔日最好的三人，因为这一场毫无由来的少年战役，形如陌路，再不相识。我坐在最后一排，时常不敢抬头看那个靠墙的角落。我知道，在这次莽撞而又自觉合理的报复行动中，最无辜，也最受伤害的，是我曾深深喜欢过的那位前排女生。

之后，我们各自过着波澜不惊的生活。有了新的朋友，新的目标，考取了不同城市的大学。慢慢地，开始逐渐淡忘家乡小镇里的荒唐事件。

这些年间，我曾无数次打听过他们的消息。每每听到他们的生活尚且安定，我愧疚的心，便能获得片刻释然。那么长的时光都过去了，我始终还是没能走出那场关于少年之间的莫名战役。

同学聚会，我怀着忐忑的心步入校园。一路走，一路构思着，若与他们碰面，我该如何？正当迷惑之时，迎面，一个温暖而又宽阔的拥抱，紧紧勒住了我的双肩。

我能认出，这是我的同桌。接着，前排女生从远处缓缓向我靠近，与我热切地寒暄，并一同追忆当年的趣事。

热泪在胸间翻滚。我多想告诉他们，这些年，我过的有多么艰难。可始终还是没能说出口。因为此时我们彼此都已经知道，这一生，没有事情不会过去。当时光以一种从容而又匆忙的态度掠过生命，我们便懂得了对旧事宽容。就像汹涌多年的海洋，在经历了无数江河的冲击之后，轻而易举地将流水中的石子包容一样。

笔友时代

文 / 阮小青

在这个只有两个人有份的特殊恩赐之中，相互间有一种特别甜蜜的爱，是不能用笔墨言语来表现的。

——赫尔岑

灰蒙蒙的窗外，初秋的凉风，又收割了一年的春明与烈夏。每当这个时候，我就会想起我的那些不曾谋面的笔友。

这是一个书信荒凉的时代。门前的信箱，越发成了一种对旧物的完整怀念。坐在秋叶簌簌的时节中，我的脑海，涨满了关于书信时代的浪潮。那些被岁月尘封在沙岸上的记忆，于今日，一点一点地被洇润开来，丰满了荒凉的海底。

那是很多年前的事情了。周围的同学陆续交上了笔友，天南海北地信件从千里之外徐徐飞来，夹杂着域外的神秘气息。不知为何，一向木讷的我，竟也萌生出了关于交笔友的这类罗曼蒂克的念头。

我真交了笔友。听后排的一位女生说，那是一个冰雪聪明的姑娘。当然，我不曾见过她的容貌，只是后排的那位龅牙妹将她吹得犹若天仙，我便禁不住展开了丰富的幻想。第一封信之后，我就有些后悔了。我的字迹不够认真，邮票不够诗意，就连信纸，也不够庄重诚恳。我当时料想，这样的姑娘，肯定是不屑与我交笔友了。

于是，我在心间默默地放弃了等待。岂知，不到一周，我便收到了一封用淡蓝笔迹书写的回信。我学周边的同学一般，故作欣喜地将它打开，而后在一片哗然中扭扭捏捏，躲躲藏藏地看完了平淡如水的信件。

实质，那时候并没能说些什么感人肺腑的话。可偏偏，就是那么让人神清气爽，怦然心动。不知不觉，我爱上了写信和短暂等待的感觉。

我与她的信件，从春明写到炎夏，再从炎夏写到金秋。我将厚重的课本从书桌里整理出来，用于置放信件。不知是出于何故，我竟莫名其妙地提议：这个萧索的秋天，用当日最美的落叶回信。

她答应了我的请求，托人送来了一枚偌大的梧桐叶片。叶上的字迹已经有些模糊，但我还是看得极为热情。甚至，在每封信的后面，都郑重其事地标注了收信日期。

来年夏天，我们各自参加了不可避免的高考。信件的传递，忽然成了一个无法解决的难题。对于见面，似乎我们彼此都有所企盼，有所顾虑。我以为，我会拾起异于旁人的勇敢，向她提出见面的邀请。可惜，直至高考完毕，我们也没能真正地见上一面。甚至连一张模糊不清的照片也不曾互相拥有。

可谁又能说，这不是青春里的无悔风景，人生里的无怨别歌？

第四辑

Chapter Four

唯美阅读

Weimei Yuedu

给孩子的书写序

▶ 文 / 张素燕

求知与求学的欲望应该采用一切可能的方式在孩子们身上激发起来。

——夸美纽斯

儿子一有时间，就宅在他的房间里，摆弄他的玩具。他那些所谓的玩具都很简单，也只不过是一些以前玩剩下的零碎玩具，还有像手电筒、小夹子、废纸盒、扫床刷，甚至像枕巾、枕头等一些日常生活小物件，这些看似跟玩具根本不着边的东西，都能成为他乐此不疲、津津有味的玩料。儿子一边玩，一边自言自语。他沉浸在其中，声情并茂地演着一些不同的角色。儿子演得形象逼真，惟妙惟肖，有血有肉，有情有义。儿子陶醉其中，不知其所以然。到了饭点，喊他吃饭，他嘴里应着："好，我马上就来。"可人却到不了饭桌旁。我只得当面厉声令下："你要再玩，我就把所有的玩具都给你扔了……"

我是一名基层一线教师，丈夫常年在外工作，我一个人带着8岁的儿子，既得忙学校、教学生，又得管家里、带孩子。工作和家庭的重担都压在了我一个人的肩上。我经常忙的手脚不停，喘不过气来。很自然，孩子就成了我的出气筒，发泄袋。面对儿子玩玩具的自我陶醉，我从来没问过，你在干什么？有什么值得高兴的？相反都是大吵大训："你又在玩玩具，看你把玩具摆的哪儿都是，看你把屋子里弄得乱乱的，赶紧给我收拾了……"

上次去学校开家长会，一位心理教育专家说："你给孩子一个玩具，如果他能专心致志地玩，那么恭喜你，你的孩子很优秀；如果你的孩子能对着玩具研究一上午，那么他是人才；如果你的孩子，挑三捡四,一会儿工夫换了好几种玩具，那么他有问题。如果你的孩子是人才，那么你一定要引势利导，让孩子的个性特长得到更好地发展。"这些道理，我都懂，可从来没对孩子用过。

这次，孩子又在进行他的玩具演戏。我趁机说："锦祎，你在干什么呢？"

"嘻嘻……不干什么。"儿子不好意思地笑着说。

"你玩的这么有兴致，不妨讲给妈妈听。"

"哎呀，没法给你讲，都演了500多集了。"

"噢，那你不妨写出来，让我们都看看。要是好的话，没准还可以出书，演电视呢！"

"真的？"孩子的眼睛里露出了天真期待的目光。

"那我怎么写呢？"

"就按你演的写呗。"

"那我里面有好多故事人物，我怎么写呀？"

“你现在就是导演，你怎么编的故事情节，就怎么写出来。”

看着儿子一脸疑惑又充满憧憬的神情，我说：“来，我们先写故事人物。”儿子马上兴致勃勃地在纸上写下了一大串故事人物的名字和角色。还别说，这些名字都很有个性，很有意义，而且很好听。

起名字的过程，很有意思。儿子对着每件玩具，结合它的角色，功能和外表，分别起了不同的名字。比如：儿子拿起我们晚上暖被窝用的小暖袋，说：“这个是好正大队长（在孩子眼里，每个角色都有好坏之分）。名字叫艾猩。”

“为什么叫‘艾’这个字？”我以为是“爱星”，便很纳闷地问。

“你看，她有花边，”儿子指着花边形的小暖袋说，“多像‘艹’，然后形状是撇，捺。”儿子比划着一撇一捺。

“噢，那为什么是‘猩’这个字，而不是这个‘星’字呢？”

“哎呀，是动物呗！”

儿子把另一个长方形的暖袋，起名为“阊怪”，角色是好副大队长。我以为是“长怪”。儿子说：“‘长’字太俗气了，起一个好听的。”于是搬着字典查了一个“阊”字，意为传说中的天门，象征着这个角色的厉害。

儿子拿起一个红色的扫床刷子，起名为“蛇红魔”，角色是坏军师；指着两个很久以前买的毛绒玩具猴，起名为猴大、猴二，角色是好特派员；指着买全友家具赠送的四只“全友家私”小熊猫，起名为熊一、熊二、熊三、熊四，角色为坏特种兵。坏特种兵的成员很多，还有：魔熊、无影、光束猴、虎一、虎二、飞镖兔。我对无和影很感兴趣。无是一个海宝玩具，影是一个依古比古玩具。我问他为什么起这样的名字，他说：“海宝发的绝招厉害，但速度慢，所以叫无；而影发的绝招伤害力小，但速度快，‘嗖’的一下，像影子一样一闪而过。”儿子边说边比划着。

角色有很多，比如，坏特种兵大队长——魔狗，还有故事的主人公好东方皇帝——洪原和坏西方皇帝——西方蛇魔。在起东方邦三兄弟名字时，孩子是很用心，很讲究的。

他一开始，把东方邦三兄弟的名字起为：洪原、洪焰和洪狮。他说因为他们是三兄弟，所以都带“洪”字。但是“洪原”的“洪”，儿子觉得用得不好。他说：“洪原象征着草”，所以他就搬着字典查出了“蕻”字；儿子又说：“洪焰象征着火”，所以又把“洪”换成了“烘”字；而“洪狮”象征着水，所以儿子又查字典，把“狮”换成了“浉”字。这样，东方三邦兄弟的名字，结合他们各自的寓意就产生了新的字：蕻原、烘焰和洪浉。

角色还有很多，诸如：外星猛虎特种队队长及队员，好狙击手大队长，好精英队大队长，好防空队大队长，坏特派员，还有四大神器等等。儿子按照各自的角色及性质，分别起了不同的名字。比如好精英队大队长，就是从台灯的台座上拔下的一个能夜明的透明塑料小熊，在儿子的眼里，他像子弹一样能飞，所以儿子给它起名为“水晶冰弹熊”。

儿子摆弄着他的每一件所谓的玩具，然后说：“那要是演电视的话，我这些玩具怎么演出来呀？”

“没关系的，拍电视的人，有很高的技术，他们专门负责制作玩具的。你只需要把故事情节写出来就可以了。”

“妈，我的故事主题是，落后就要挨打。整个地球分为东、西两个国家：东方帝国和西方帝国，他们之间战争。但是我们要智取，不能武斗。我们要团结，联合力量才能打败对方……”

我没想到儿子的主题这么伟大。儿子一直都对历史和地理感兴趣，尤其当他看了英法联军洗劫火烧圆明园的图片时，就让我给他搜有关资料。我把这些历史内容打印下来，他研究到晚上 11 点还不睡觉。临睡时还义愤填膺地噘起小嘴说："英法联军太可恶了，拿不了的花瓶还给砸碎了，真是十足的大坏蛋。落后就要挨打。我们一定不能落后！"

我承认，我不得不对孩子刮目相看。我这时才明白，孩子小小的脑瓜里，竟然装着那么大的学问，那么深的爱国情感。我以前根本就没走近过他，不是吵、就是训，认为小孩儿什么也不懂。现在，跟孩子这么一沟通，儿子便打开话匣子，滔滔不绝地讲起他的故事来。

"愿意把你的故事分享给更多的人吗？"我笑着对他说，"来，我给你写序，你开始写你的故事吧。"

"好啊，那我就先写第一集。"儿子快速地拿来本和笔。

"妈，起什么名字呢？"儿子的笔已搁在纸上，瞪着水汪汪的大眼睛，若有所思地问我。

"你的故事是围绕什么展开的，你就写什么名字。"

"噢，我知道了。那就叫'地球和平保卫战'吧。"

儿子兴致勃勃地写下了："东方之国和西方之国开始战争，从此世界就再也没有平静过……"

你就是最好的自己

文/雷碧玉

生活赋予我们一种巨大的和无限高贵的礼品，这就是青春：充满着力量，充满着期待、志愿；充满求知和斗争的志向，充满着希望、信心的青春。

——奥斯特洛夫斯基

小时候，爸妈工作忙，就把我送到乡下外婆家。外婆家有一个很大的院子，勤劳的外婆每天就在自家的菜园子里忙碌，根本无暇顾及我。我也乐得像断了线的风筝，经常和一群村里的野小子玩得忘记了回家的时间，小溪里摸虾，田里抓青蛙，树上掏鸟窝……只要是野小子能做的，我样样不落。

看着我像"假小子"一般，外婆急得直跺脚："亏得你妈还给你起个好听的名字，怎么就像假小子一样顽皮呢。"

因为出生在春天，妈妈便给我起了一个好听的名字，叫春莲，希望我像莲花一样美丽。可没想到事与愿违，成天在乡间摸爬滚打，风吹日晒，硬是将我晒成了皮肤黝黑的“假小子”。从此，“黑妮”“丑妞”便成了我的代名词。

长大了，我回到城里读书。在一堆身着漂亮花裙、头扎粉色蝴蝶结的女孩堆里，短寸头、T 恤、牛仔裤，再加上黝黑的脸庞、一口的闽南腔，我是显得如此格格不入。在旁人异样的目光中，我默默地低下了头。

随着年龄的增大，我渐渐懂得了美与丑的含义，“自卑”的字眼深深地刻在了自己的脸上。我不敢结交朋友，只能将自己深埋在书海里，在一次又一次的考试中，赢得众人艳羡的目光，让自己失落的心得到短暂的安慰。

高考时，我以超出一本线 50 分的成绩进了重点大学。校园里，到处长发飘飘、长裙盈盈，我满心羡慕。也曾想过改变自己，可我明了，以自己的肤色和身材，再精心打扮也会让人不屑一顾，索性依旧以“假小子”装扮示人。

同宿舍的筱敏，温婉可人，模样清秀，每次出去游玩总有男生相送，我向往有一天，也能有这样的得宠。可没想到，几个舍友总是很“友好”地安慰我，不用担心，长得安全的我会让色狼敬而远之的。每每听罢，内心的酸楚不言而喻。

虽然我没有让自己骄傲的资本，但是我的善良和恬静也让大家喜欢上我。只要有事，他们总会在第一时间想到我，我亦乐于有这样的机会。和舍友上街，我的素颜更衬出了她们姣好的妆容，喜得她们就想挽着我的手；短发、衬衫、牛仔裤，再加上平板鞋，潇洒的假小子装扮也让我拥有了众多的铁哥们。闲暇时，当别人去享受温馨的浪漫时光时，我便独自躲在宿舍里潜心读书，默默写字。每当在报刊上看见自己的名字时，内心便涌起一种无法用语言述说的欣喜。

第一次，有同学在课堂上大声朗读我发表的散文，那些落在我身上的目光简直可以叫“惊艳”，我骄傲地迎着这些善意的目光，心里暖暖的。

我永远记得那个春日的早晨。一位英俊的大男孩对我说，“其实，你很温柔！”我顿时愣住了，有种想哭的感觉。天知道，“温柔”一词与我差的十万八千里，只是没想到，今天它居然落在了我的身上。我暗暗使劲地捏了捏自己的大腿，很疼，可我的脸上却漾起了幸福的笑容。

我知道，柔情似水、长发飘飘的女孩是众多男孩心中的首选。于是，我下决心改变我自己。前所未有，第一次，我主动拉上女伴帮我参谋买裙装。在那一片诧异的目光中，我羞红地低下了头。

温馨的时光一天天过去，我也一改往日的模样，性格不再大大咧咧，走路不再风风火火，连头发也开始悄悄留长……舍友惊讶地直嚷“爱的魔力真是惊人”。然而，在这些旁人欣喜的变化中，我的内心却有一种说不清道不明的情愫。刻意改变的背后却是陌生的自己，这让我的心里有一种浅浅的失落感。

“你就是最好的自己，不要刻意为他人改变，那不是真实的你。”他的真诚话语让我释怀，那一刻我笑颜如花。

阳光下，我坦然轻松地行走在大街小巷，白衬衣、牛仔裤、平板鞋，再加上清爽的短发，久违的感觉让我嘴角上扬。我知道重新找回的自我，也让我找回了快乐。

其实，很多时候，你就是最好的自己，无须刻意为他人改变，做真实的自己，最好。

一袋青橄榄

文 / 筱蕾

以爱心聚在一起的十个人能够完成一万个分散的人做不到的事情。

——Thomas Carlyle

一

那年秋天，大学毕业后，我被分配到偏远的乡镇中学任教。

走进校园，眼前的一切让我惊讶。一幢教学楼，一幢宿舍楼，外加坑坑洼洼的水泥操场，便构成了学校的全部。眼前破旧的校舍，简陋的教学设备，这就是我任教的学校，之前满腔的热情，瞬间化成浓浓的失落感。那一刻，我只想流泪。

报到后，我拿起行李朝宿舍走去。宿舍是简易的二层砖头楼房，楼下住着学生。推开二楼的宿舍，屋子虽小，却干净整洁，这多少让我烦躁的心得到了一丝安慰。小屋里，简易的小床，破旧的办公桌椅，这就是属于我的小屋。唯一的小窗有一缕阳光轻泻而入，为简陋的小屋带来了别样的温暖。

二

第一次站在三尺讲台上，迎着眼前一双双天真无邪的眼神，我深感自己肩上的责任。因为刚刚参加工作，我自然雄心满满，干劲十足，几乎把所有的时间都扑在了孩子们的身上。我希望孩子们能考出好成绩，走出贫穷的大山。我很欣慰，孩子们很努力，学得很认真。

山里的孩子个个带着浓浓的乡音，上课时朗读语句总会闹出许多笑话，但是孩子们并不害怕，跟着我一句一句努力地跟读。我知道要想改变这浓重的乡音，并不是一朝一夕能做到的。因而在周末，我放弃了休息时间与他们朝夕相处，教他们如何发音，如何拼读，时间一长，我和孩子们建立了深厚的师生情谊。

山里的孩子条件很艰苦，他们常常是在周末回家返校后，带回一个竹筒的酸菜煮黄豆，这是他们一周的食物。每天拿到食堂蒸熟后配饭吃，有时甚至是白米饭拌酱油，看着孩子们吃得津津有味，我的心里有一种说不出的疼。如今想起，鼻子就会发酸。

因为课程多，工作量大，用声过多导致我的喉咙充血，声音嘶哑发不了声。到卫生所打针吃药，也无济于事。想到朴实的山里孩子渴望读书的神情，我硬是强忍着不请假，哪怕是一节课。让我感动的是，用心付出的同时，我也收获了孩子们满满的爱。

周一上课，我意外发现讲台桌上多了一袋青橄榄，还有一罐蜂蜜。我纳闷地问，“是哪位同学把橄榄忘记放在桌上了？”孩子们都捂着嘴，痴痴地笑，一片叽叽喳喳声。这个说：“老师，奶奶说了多吃青橄榄能消炎，喉咙会舒服。”那个说：“老师，妈妈说常喝蜂蜜水，就能治好咽炎。”那一刻的感动，我无以言表。那甜甜的蜂蜜，青青的橄榄，让我触碰到孩子们对老师的至真至纯的爱心。而今，每每想起那丝丝甜津的味道，我的脑海里便闪现出孩子们天真的笑容。

三

转眼到了深秋十月，班里一名叫春梅的女生突然缺课，没来上学，这让我特别担心。因为当时农村学校的“溜生”现象很严重，农村人重男轻女，骨子里总认为“女孩生来就是嫁人生娃”，根本无需读书识字。

想到大山深处贫穷的生活，想到孩子们期盼走出大山的梦想，我的心犹如针扎一般疼。

“初二（一）班的学生一个都不能少！”那天下午一放学，来不及吃晚饭，我就和校长坐上镇政府派的车，在崎岖的山路上行驶了近两个小时。春梅家住在乡下的蓬坑村，当年的交通十分不便，只记得车子一直是环绕山坡盘山而上，一路上的颠簸吐得我翻江倒海，痛苦不堪。

下车后，我们又行走了十几分钟的陡峭山路。当一脸苍白的我出现在家门口时，春梅的父母惊呆了，赶紧将我们迎进家门。我顾不上喝水，反复劝说春梅父母，让春梅尽早返校上课。春梅的爸爸为难地摇摇头，说出了自己的苦衷。

“我也想让孩子读书，可你看看家里的光景，穷啊！家里五个孩子，春梅妈又有病，就靠我一人撑着这个家。”说完，他不住地低头哀叹。

我看着眼前这个家，所有的一切只能用“破旧不堪”来形容。一旁的春梅抹着泪，一直扯着爸爸的衣角，执意说要读书。窗外，远处传来的断断续续的狗叫声，在这个清冷的夜里，更增添了丝丝凉意。

看着可怜的春梅，我的内心隐隐作痛，我们不断地做孩子爸爸的工作，校长也答应免去孩子在校的费用，最终我们用诚心圆了孩子的读书梦，让孩子得以继续返校就读。

那天晚上，春梅父母盛情留我们吃饭。地瓜稀饭、肉丝炒土豆、外加荷包蛋，如此简单，却是他们一家奢华的晚餐了。临别时，春梅父亲追上我们，硬是往我包里塞进自制的咸鱼干，希望我别嫌弃这点小东西。盛情难却，我只能收下，因为我知道，这是山里人对老师的最高敬意。多年以后，尝着地瓜稀饭，想起那个深秋之夜，我的心里便会涌起一股温暖的情愫。

四

许多年过去了，如今的我依旧站在三尺讲台上，笑迎我可爱的孩子们。时光荏苒，逝去的光阴总会淡化许多记忆，然而有些记忆，已经深深篆刻在我的心灵深处，成为永不褪色的记忆。多年前，那青青的橄榄，甜甜的蜂蜜，还有那群可爱的山里孩子……每每想起，温馨便溢满心怀。

45 分钟的时光

文 / 碧玉清流

青春在人的一生中只有一次，而青春时期比任何时期都最强盛美好。因此千万不要使自己的精神僵化，而要把青春保持永远。

——别林斯基

年前，学校因扩大规模搬至新校区。新校区在县城，从市里坐大巴到新校区需要 45 分钟。

刚开始，同事们都很激动，毕竟很久没有这样大范围地集中出行。45 分钟的车程，满车都是叽叽喳喳的说话声，聊家长里短的、聊班里学生的，还有聊影视八卦类的，整个车厢充盈着快乐的笑声。一周后，新鲜劲过了，车厢开始回归平静，仅有少量者在一边窃窃私语，大部分的人或低头玩手机，或仰头闭目养神，而我则喜欢选择靠窗的位置，独享一份属于我的时光。

想起读初中时，家在城西，而学校在城东，也要坐这样大约45分钟的车程。我清晰地记得，放学后，大家一窝蜂地冲出教室，在校门口买根诸如火腿肠或是牛肉串之类的烧烤，再涌上公交车。在拥挤的车上，你尽可以不用抓保护杆，放心地大快朵颐，因为周围有牢固严实的“铜墙铁壁”。一个突然的急刹车，“哦”的一声，集体向前，又“啊”的一声，摇晃着回归原地，车上荡漾起一阵阵的欢笑声。在45分钟的车程里，你根本无暇顾及窗外的风景如何变化，唯有记得这“挤”出来的快乐让我倍感温暖和珍惜。而今想起那些年少的时光，记忆深处依旧会泛起阵阵涟漪……

如今，那个青涩的少年身影早已远去，此刻的我已能安然地倚靠窗边，静静地凝视着窗外匆匆而过的风景，心里有一种说不出的安宁与惬意。也许，这是一种岁月沉淀下来的安静与淡然，让我始终以一颗温柔而谦卑的心去静守时光。

因为身居山城，上下班的45分钟，每一天我都在青山的怀抱间穿梭。早上，静谧的群山在烟雾缭绕中若隐若现，宛如仙境一般，倘若这时再来一场雨，你便会有一种融入其中的冲动。在路上，有时不经意的一瞥，竟然可以看见绿色中的一抹红色，远远的，一簇簇叫不上名的野花，正迎着风努力地绽放。我可以想象到，那一抹盛开的红是如何越过黑暗、寂寥和隐忍，才能破土而出，迎来最美的那一刻。这一份美丽触动了我内心最纯净最温柔的一角，它们不管身边的风景如何迤逦，也不论自己的身份如何卑微，它们只顾自己默默地绽放。其实，人生亦是如此，需要的就是这种坦然和勇气。

傍晚归来，车外，满目青山夕阳照，山峦陷入了一片淡淡的柔美之中；车内，45分钟的时光里夹杂着匆匆的归家情怀，只为家中那一盏为你点亮的灯。偶尔，我也会陷入沉思，人生就是一趟没有回程的旅途，无论平坦坎坷，无论艳阳暴雨，都是这一路的别样风景，需要你去坦然面对，而我已做好准备。

再次坐上车，享受着这一路的好心情。45 分钟的时光，不长，然而让我感受到的快乐却很长很长……

春来花烂漫

文 / 金陵客

春天从这美丽的花园里走来，就像那爱的精灵无所不在；每一种花草都在大地黝黑的胸膛上，从冬眠的美梦里苏醒。

——雪莱

红梅残红未尽，只需一两个暖阳，茶舍窗前那棵高大的白海棠，就爆出一簇簇嫩嫩的新芽。小小的叶儿，是翡翠一样油亮的绿，绿得通透。紧接着那叶间就长出了一嘟噜一嘟噜的花蕾，青玉似的白，蒂处淡淡的绿，然后就是花枝满头。那一朵朵洁白的花儿宛如冰雕玉琢，托着星星点点鲜绿的花蕊。整棵树，就是清绿和洁白，干净得如同仙露浸润清洗过，不染纤尘。

这样的日子，我最喜欢的就是取出那个双层水晶茶盏，用取自皖南深山的泉水，冲泡好最新的明前绿，端着来到树下，就在树下静静地站着。那茶色和树上的新绿是一脉的。低着头，端起杯子，并不喝。而是深深、缓缓地呼吸，让那缭绕的茶气通过鼻腔，绕过灵台，直抵肺腑的深处。整个人像是浸润在这最纯净的草木香氛中。然后仰起头，让那洁白的花色印在眼眸里。用这样的素洁清洗我的眼目。于是，在忙碌生活中日渐浮躁的一颗心也渐渐静下来。然后，一丝笑意就如这淡雅的花色一样，晕染了我的面容，携着这样的宁静，回归。这样的花意竟可以温馨整个夜晚。

我给这棵树起了名字：暴雨梨花。不仅是因为那一句“偷来梨蕊三分白”，还因为她开放得迅疾，呼啦啦一两天，就是满树皆白，绿色的叶子反成了点缀。更是感慨她在枝头欢笑的时日短暂，没几天的光景，就开始谢落。先是不觉，待到一个雨日，就凋零殆尽，落花为锦了。可是，她的清雅和清新，同三春的新茶一起，镌刻在这春天最美好的时刻中了。

阳台正对着的，是六七棵晚樱，她们的花期在四月间。刚住进来时，她们的主干才有壮汉的胳膊般粗细，虽是花开，也只是娇艳。可是年复一年地生长，她就抵达了我的窗前。三月下旬的某一天，你会发现，她那光秃秃的枝桠上，已是满满的花苞，褐色，和苍老的枝干浑然一体，让人们全都忽略了。突然有一天，一个阳光明媚的早晨，拉开窗帘的那一瞬，蓬蓬勃勃的娇艳，喧闹着撞入你的眼帘。粉红色的花朵层层叠叠，在晚春的艳阳里舞蹈着、欢笑着。这样的日子里，每天早上最期待的一件事，就是拉开帘幕与之笑颜相对。之后到了谢花期，就是日日的忐忑了。若是哪一夜风起，心中就是惶惶然，必是夜半无寐。终有一天，窗外雨疏风急，树叶簌簌作响，心中就不由得失落、伤怀……不为别的，就担心她们，怎禁得住这样的风雨，必是落英缤纷了……那样的时刻，我会选择葬花吟，听着耳机里的哀婉缠绵，恍然间不知身处何处。整个春天，我都是天天看着她们孕育、绽放的，那一簇簇的嫣红在和风里、艳阳下笑着、舞着，是那样的默契知己……如今才几日，就要离开了。

第二天一早醒来，就不敢像以往那样，拉开巨大厚重的窗帘，是有一丝丝不忍。可当我走到阳台时，却只见那粉嫩的花瓣，一群群，伴着一阵阵的风，旋舞着，飞扬着……并感受不到伤悲。再看看，嫩绿的草坪做底，或密或疏的浓粉、淡粉为缀，缀得满满的，好大的一片，锦缎一般。是了，这些精灵们，即便是离开，也要有最后的美丽，不，该是惊艳……豁然醒悟：命运的法则就是循环不已。面对生活和命运的安排，爱和被爱，都要快乐地接纳，哪怕是转瞬即逝……

路的尽头

文 / 阮小青

没有单纯、善良和真实，就没有伟大。

——托尔斯泰

九月，小镇路旁的梧桐树依旧茂盛如常。学校打了几次电话，催我回去。母亲连夜帮我收拾行李，执意将我送到城南长途汽车站。

每年九月，她都会这般不顾长途跋涉地送我。多年前念大学时如此，多年后在外地参加工作，亦是如此。

她知道我脾气不好。因此，便借这一路风尘，再三叮嘱我："新生初来乍到，多有不易，不管他们提的要求是否合理，期间是否犯了什么错误，都不要对他们大发脾气。想想你当年去外地念书，你的老师和学长们也给你提供了不少帮助……"

母亲是个朴质的农村妇女。在她的世界里，一直都还保留着滴水之恩涌泉相报的思想。她尚且不知，在浮华的都市里，有很多人，做事都有着自己另外的目的。我先后跟母亲说过多次，但她不管，她认定了，别人是对我好过的。因此，她必然要报答别人。

她把辛苦酿制的米酒、腌菜和腐乳用塑料袋装起来，放进我的背包，让我送给那些与我要好的同事，并带上她诚挚的谢意。从我上大学那年，她一直保留着这个让我无奈的习惯。

同学和同事大都是城里人。他们吃惯了山珍海味，西餐牛扒，哪会喜欢母亲这些乡野风情？我曾把母亲亲手腌制的一罐腐乳送给我的室友。但遗憾的是，直到毕业，那罐腐乳还是没有吃完。最后，他们只能愧歉地把它扔进垃圾桶里。

母亲每年都要问我同一个问题："儿啊，那些腐乳和腌菜，他们喜欢吃不？"我总是坚定异常地告诉她："喜欢，当然喜欢，他们都说你手巧贤惠，和蔼慈祥，要是来这里开店销售的话，一定大卖特卖！"

母亲高兴极了。我不忍心将生活的实情告诉她，我知道，那些腐乳和腌菜究竟需要多少心血和汗水。在她看来，这是最好的答谢方式。

在窗口买了票，我领着她进了停车场。司机再一次把她拦下："行李放车底就行。那儿不是有专门的储备箱给你们放吗？"母亲微笑着央求："大兄弟，你不知道，这些都是自家酿制的东西，放车底容易撒漏，容易坏，帮帮忙，就让我们带上去吧。孩子在外地，多不容易啊！"

坐定后，母亲把装有腐乳和腌菜的布袋递到我的手里，耐心叮嘱我好好保管。凝视她日渐清瘦的背影，我始终不忍心让她把布袋里的东西拿回去。

她一动不动地站在车窗外等我离去。我朝她挥了很多次手，示意她不用再送，她就是不听。汽车终于缓缓开动了。

我如同往常一般，直到汽车驶上小镇的公路，才敢回头看看母亲所在的位置。

就在我回头的瞬间，一个在九月凉风中狂奔的清瘦身影，忽然扎进了我的心里。我让司机停车。她气喘吁吁地垫脚站在车窗下面，努力把右手朝我伸来："孩子，这是晕车药，刚才忘了给你买，快吃了，现在就吃，免得待会儿晕车。"

汽车从半夜开到天明。窗前，是一条又一条漫长的路途，我总是想起母亲在九月凉风中狂奔追逐的艰难身影。

我知道，这条路的尽头不管通向何方，都一定深深驻留着母亲的爱。

光是太阳的语言

文 / 古傲林

人的空想是没有止境的，儿童的空想更是一望无际。由于孩子的心灵比成人的心灵更加秘密，儿童的心灵是一尘不染的，而被生活所磨炼出来的成长，心灵深处却明显存在着这类纤尘的污痕。

——高尔基

小时候，我是个口无遮拦的孩子，不会说话，不说则已，一说便伤人，大人们总以“童言无忌”为借口，加上幼年时有轻微的口吃，没有及时纠正过来，所以说话的水平每况愈下。

我是家里的独子，爷爷奶奶爱护有佳，关爱备至，他们都认为这是白玉微瑕，长大了便会水道渠成般地自我纠正过来，但时过境迁后，我的语言却出现了致命的障碍。

在一次酒会上，父亲和我一块儿参加，父亲是为了锻炼我的社交能力，在别的孩子如行云流水般地口吐兰花时，我却吞吞吐吐地没有答上一句正确的答案来，父亲的脸拧成了疙瘩，人群中有人轻声议论着：长相这么好看，怎么是个结巴。我突然间冲出了酒会现场，紧随在我身后的，是歇斯底里的父亲。

父亲将我送到了口语训练班里，但我却老是逃学，三天打鱼，两天晒网的结局便是我的语言能力并无任何提高，终于有一日，被父亲逮了个正着，拖在庭院里接受夏日阳光的灼伤。

我本以为父亲会按部就班地实施自己的打骂计划，我也做好了充足的思想准备抵抗，但父亲犹豫了半天时光，却让我抬头看太阳。

我不解，父亲却突然语重心长起来：光是太阳的语言，太阳之所以能够泽被地球，是因为它的光不温不火，不急不躁，不偏不倚，再热一点，地球便会变成大火球，再冷一点，地球便会冰冻三尺，这样的光年距离，是太阳送给地球最好的语言了，阳光始终光芒万丈，不因乌云的遮挡而停歇，不因暴雨的来袭而折断，你见过半道阳光吗？它们始终一览无余，从一而终，我们人类最佩服的该是太阳的伟大和阳光的执着。

人的说话不也是如此吗？说话重了，伤人，让人接受不了，说话轻了，人听不见，起不到作用，说话断断续续，就好像阳光折断了射线，便会乌云滚滚，语言对一个人是如此重要，就像道道阳光穿越宇宙苍生，孩子，希望我讲的你会懂。

我内心深处的张狂终于被阳光融化，取而代之地，是决心、信心和勇气，我不能让自己的世界里老是阴云连绵，我也想让自己的花园像极了春天。

接下来的时间里，强化训练，我每天念一百篇新闻作品，学普通话，纠正自己的口吃病，为了锻炼语言能力，我利用业余时间到大街上散发小广告，还经常参加社区和校园的各种活动，我不管别人的嘲笑，不看他人的脸色，我只是想达到自己想要的结果——寻找像阳光一样纯净的语言。

十八岁那年，我报考了广播学院，差一分而名落孙山，次年，在父亲的鼓励下，我终于天遂人愿地考上了广播学院，如今，我已经是一家电台的播音员，每当充满磁性的声音响起，我总会觉得不能辜负自己射出的每道阳光，我不能够出错。

我一直记得父亲的谆谆教导：光是太阳的语言，话是自己的语言，扔出的话要拿捏得体，恰如其分，就像道道阳光，普照着岁月和大地。

夏天，我们不见不散

▶ 文／江中阿识

用我们的奋斗和梦想扬起青春的船帆，当我们努力拼搏地摇桨时，成功的闸门也会慢慢地再为我们打开，我们将享受一份青春的美好，收获一份成功的喜悦。青春是美妙的，挥霍青春就是犯罪。

——萧伯纳

一

在你呼呼大睡或感到无聊至极时，我已经弓着背，在滚烫的水田里挥汗如雨了。我的五脏六腑在慢慢地熔化。此时，正是夏日当头。

每天五点多到十一点半，十四点多到十九点，这两个时间段，恐怕不是天上的飞禽在悲叫，就是地上的我一声不吭。

我恨老爹老妈的绝情啊。他们一大把年纪还承包十几亩农田。害得我这个不文不武的懒人都被卷进了战壕里。

二

我们种田的装备除了秧（禾苗）、秧秆（原来的稻秆，现用来捆绑秧的）、粪箕、锄头、草帽、大板车，啥都没有。等插秧累得上气不接下气了，就找棵大树靠靠、喝喝井水、吃吃西瓜、捞一片似草非草的东西当扇子用。一旦看到太阳躲进了云里，吃啥、喝啥都是大快朵颐，就甭苟求细嚼慢咽了。再说，云总是不解风情的，别看它黑漆漆的像掘了底的锅盖，风吹还真不会草动。没一会儿，过完家家回来的太阳叔叔就猛地生火，烧泥、烧水、烧头皮、烧人生。

我是2005年学会插秧的。若你问我干那活苦不苦。嘿，我当然会毫不客气地说，不苦才怪呢。然后你接着笑侃，那就好好读书，将来混个名堂出来，扔掉锄头棍。“哈”，随着我的一声暗笑，在插秧时我是横刀立马，立志发愤图强。可一旦我回了学校，就疯得忘了当初的志向。每天熄灯入睡前，我在黑暗中盯着天花板，默默地对自己说，“嗯，明天再努力也不迟吧。”

三

我觉得种田最幸福的事莫过于插完秧后，可以蹲在地里喝冷水或是吃吃西瓜。有时一阵凉风吹来，那种惬意的感受一下子能涌遍全身，累的同时却让人觉得心情美滋滋的。我就喜欢插完秧可以休息的时光，虽然它很短暂，但对它的记忆，我想我这辈子怎么都忘不了。

我在地里插秧时，村里人总喜欢开我的玩笑，“大学生在家种什么田哟，去外面玩个痛快吧，你爸妈干得完！”我知道他们一定是在变相夸我，那里面既有爱的同情也有爱的乡情。

种田虽然是件苦差事，但它使得我的青春变得坚韧无比。它对于我来说是笔财富，在这笔财富里，有家的热闹，有劳动的美好，也更有我对青春的热爱。

四

刘同说，谁的青春不迷茫。可每当忙完了农活，我的青春就再也不恐慌了。我都能听到乡下的鸟鸣，看到乡下的炊烟，还有一条不近不远的山路。我行走在山路上，青春告诉我，再翻过前面的一座山，你就会想起我的样子了。

白云、禾苗、水田、草帽，几个捕捉笋虫和金蝉的少年，还有几个追着蜻蜓不放的娃娃，男孩子和女孩子跳完皮筋、踢完毽子、推完铁圈、弹完弹珠就穿着短裤跳到河里洗澡。我们在水里一边捉迷藏，一边摸河螺，惹得鱼儿总用小嘴巴亲我们的脚丫子。

我们在十多个暑假喊了成千上万次“痒，痒，妈妈你再用力往上挠几下，我是不是满身都是痱子啊？”

“谁叫你大热天还贪玩，活该！”妈妈将花露水喷到手掌上，然后再抹到我们身上，连她们的骂声都是清凉的。

五

今年暑假我种完田后给自己拍了一张照片，我把它放进了微博里。

有朋友说，我变丑了。也有朋友说，我活生生像个小农民。更有朋友说，我变成了张嘎子。我知道他们这样说，是想逗我开心。

当然，大多数朋友都给我点了个大赞。

六

也许那是我最后一张种地时的照片了。我不是炫耀，不是想引起谁的关注，也不是想说自己有多辛苦，我只是想表达那是我即将逝去的青春。若干年后，当我快忘了风吹禾苗时的样子，这还会让我想起，那些年，我在水田“奔跑”的日子。

其实，青春是睡不着的，太阳亮着，它就醒着。

所以，不管夏天有多热、多苦、多长，只要我们静下心来再读读青春时的故事，我们一定还会做梦。

对，我们在夏天的夜里不见不散。

再短也短不过夏天

文／江中阿识

举杯祝贺那个无忧无虑的黄金般的孩提时代，它就像冬夜里的星星，五月的晨露。

——奥·霍姆斯

一

“炎炎夏天，啤酒罐换冰棒哦！”以前听到这句话，我总是要跟妈妈急，“眼镜子，你又把咱家的啤酒罐藏哪里去了，这还要不要人活，我都渴死了。”

妈妈患有先天性高度近视，她总戴着一副厚的不可想象的眼镜和人打交道。于是，村里人管妈妈叫眼镜子。

我不高兴时也那样叫她。

眼镜子好像还罹患强迫症，咱家的堂前不能留下一片垃圾，连啤酒罐都会碍着她。

也对，每次爸爸喝的不成人样也不成熊样时，他就会揪着眼镜子的头发，破口大骂，你，你又把我没喝完的酒扔哪里去了？

可还没等眼镜子回答一个字，爸爸就把眼镜子打碎了。

二

眼镜子应该太讨厌啤酒罐了吧，等我翻遍了整个家才发现一大堆啤酒罐躺在厕所旁冒着热气，跟地雷似的。

我如获至宝地捞起几个啤酒罐，拔腿就朝卖冰棒的商贩跑去，我实在太饥渴难耐了。

商贩见我怀里揣着好几个瓶子，叮叮当当，简直快笑得合不拢嘴，他就靠这个赚钱养家糊口。

两个啤酒罐换一根一毛钱的冰棒。我换了两根，左手一根右手一根，左舔一口右舔一口，就跟宠物似的，屁股摇的可厉害了。

三

阿弟就站在家门口瞅着我，他都快气出眼泪来了。明明前些日子说好了有东西吃，两兄弟平分，可我还是欺负了他。

阿弟也不是省油的灯，他没捞到好处就跑到眼镜子那告我的状，说我偷了家里的啤酒罐，拿它们来换东西吃。

眼镜子把啤酒罐扔在厕所旁并不代表她不要它们。一个啤酒罐能卖八分钱，我偷拿了四个，三毛二分钱足够眼镜子买一斤豆芽，她非打死我不可。

眼镜子找来一根打狗的棒子打我。她说，你爹不听话，你也不听话，那我就先打死你好了。

四

我这个人天生就是腿犯抽，记性不好，前不久挨了眼镜子的棒子，这回又得挨。还好眼镜子下手不是太狠，她抽过我后，晚上又会帮我揉揉捏捏，否则我早像我家的小花猫一命呜呼了。

我家的小花猫就是被阿弟用棒子给活活打死的。

阿弟说，谁叫你偷我家的鱼，活该！

五

小花猫是我从山上捡回来的，我可是饿着肚子给它饭吃。它每吃一口饭就会用温柔的眼睛看着我，还不停地喵喵叫，那声音太悦耳了。

小花猫喜欢我，我也喜欢小花猫。为此好几个月我都没有理阿弟，我恨透了他。可他却是眼镜子手里的宝，摔不得。

我只好在有两根冰棒吃时，故意惹他生气。

六

我二十岁，要上大学了。可家里没钱送我和阿弟两人读书，我难过了好一阵子后终于下定决心去深圳打工。

可还没等我第二天醒来背起包和村里的大姐一同踏上野鸡车去城里坐火车，阿弟却偷走了我的车票。

家里有一棵桃树，那年它开了花却没有结果。我就坐在桃树底下看看这又看看那，心里空荡荡的。

七

阿弟只比我小两岁。从小他一直和我嚷嚷着说，两兄弟分东西要公平。

结果，每次他的苹果大了一点我就多咬了一口他的苹果。

但小花猫被他打死了以后，每次我用啤酒罐换了两根冰棒都没有给他一根吃。

阿弟在信里说我这个哥哥不讲信用，他看不惯，所以他对我也不老实。

那晚，本来爸爸、眼镜子还有阿弟答应了我，我去深圳打工。但是第二天，阿弟第一次违背了他的承诺，他一声不吭就走了。

没有人可以追得上野鸡车。

于是，我只好又躲在桃树底下，那里也许离深圳不会太远，因为有风，风可以把我吹到那里。

八

多少年后，我第一次坐飞机。穿过薄薄的云层，我终于看到深圳了。

阿弟来信说，有一种压力叫留在深圳。

我在飞机上看了好久，深圳路上全是人和汽车。

突然莫名其妙地想回家，回到从前。若夏天再听见啤酒罐换冰棒的声音，我一定会对眼镜子说，妈妈，给我八个啤酒罐吧！我要换四根冰棒，晚上，我们一家子坐在桃树底下，你帮我和阿弟摇扇，爸爸就帮我们打蚊子。

一辈子能有多短，再短也短不过夏天。

夏天，记得好好爱你的家。

饭，吃不下去就回家

文 / 胡念艳

勇敢产生在斗争中，勇气是在每天对困难的顽强抵抗中养成的，我们的青年箴言就是勇敢、顽强、就是排除一切障碍。

——奥斯特洛夫斯基

每逢村里有红喜事，东家便会早早地打上几锅卤子面，然后又挨家挨户叫邻里乡亲去吃。当然，东家做的不仅有卤子面，还有芝麻粿，芝麻粿在我的故乡被叫做麻糍粿。将蒸熟的糯米饭放在石臼里反复敲打，然后捏成一个个小球球，再将它们拌上一层糖和芝麻。吃完东家的一碗热腾腾的卤子面，再来几个芝麻粿，一顿丰盛的早餐便滋养着一代代故乡人。

我不知道故乡的卤子面开始于哪个年代，在最为深刻的记忆里，我的九十岁高龄的曾祖母在年幼时就喜欢它，最后也是吃完一大碗卤子面而在某个大雪纷飞的日子离开尘世间。曾祖母曾说，卤子面的一半是清真，另一半是厚重，它像极了每一个故乡人。

故乡人的早餐桌上没有五谷杂粮、馒头包子，也没有牛奶面包。经常有的也只是稀饭和酱干，偶尔有的当然是数我最为喜欢的米粉和卤子面了。

打卤子面需要一些鲜美的佐料，用乡亲们的话来讲，“昔日里吃剩下的鱼哦、肉哦、骨头汤哦，留到明早打一大锅卤子面哦，肯定好吃的不得了”。可对于并不富裕的故乡人来说，能餐餐吃上鸡鸭鱼肉那似乎是不太现实的，尤其是故乡人总习惯把剩菜留到第二天下饭，他们不习惯把剩菜一次性用完。所以说，能在家里看到妈妈打一锅热腾腾的卤子面真是难得。于是，故乡的孩子总是张大着眼睛，竖起耳朵，踮起脚尖翘首期盼，他们巴不得村里每天都会有红喜事。

卤子面在我的记忆中有着一段安详的岁月。我九岁学会了烧菜，十岁学会了打卤子面。我家翻修老屋那年冬天，我给几十个师傅打了一锅秀色可餐的卤子面。他们穿着厚厚的棉衣，蹲在矮矮的屋檐下，一边大口大口地扒拉着碗里的面，一边竖起大拇指，铆劲地冲我笑：“这娃，真了不得！”

我上初中那三年，我在学校吃的最多的也是卤子面，一块钱一大碗，偶尔她还会往我的碗里扔一两个馒头：“阿识，馒头蘸卤子面才是天底下最好吃的饭！”我对她眨眨眼，然后，把头埋进了碗里。

她和我同窗九年，我们都因为喜欢一碗卤子面而成了彼此的心灵支柱。每当我遇到困难，她总能恰到好处地打来电话安慰着我说：“阿识，城里的饭吃不下去，就想一想我给你打的第一锅卤子面吧！”

那年，我要去城里念大学。临行的前一个晚上，她特意约我去她家，为我打了一锅卤子面。

直到今天，我都无法用语言形容出那锅卤子面。她的父母重男轻女，她没有继续上高中，便留在了故乡，而我却生活在一座我并不喜欢的城市。我的城市没有卤子面，没有她，也没有故乡，只剩自己。

她打来电话告诉我，她要结婚了。而且，她出嫁的那天，她家会打好几锅卤子面请村里的所有人来吃。我的眼睛一下子变得湿漉漉。

我为她第 9 次流泪也是在她生日那天，她趴在野鸡车窗口问我去了城里会不会忘了她，还有故乡的卤子面。我没有说话，只是扭过头，泣不成声。

她站在黄昏里和我的野鸡车渐行渐远，她说，“阿识，饭吃不下去就回家”，声音忽远忽近。

漂泊心迹

文 / 雨田

经得起各种诱惑和烦恼的考验，才算达到了最完美的心灵健康。

——弗·培根

记得小时候很向往那种浪迹天涯的生活，希望每一天都能发现新的事物，遇见不同的人；希望每一个清晨醒来都看见不同的风景，得到不同的惊喜。

渐渐地长大，离开家的这些年，一个人在外面生活。因为工作的关系，在很多的地方停停走走。漂泊的感觉，从新鲜的经历变成了生活的一部分，最终，还是变成了一种默默的无奈。

常常是这样，车子在高速公路上飞驰，近处有快速闪过的红花和田野，远处有缓缓出现的青山和流云，速度所带来的快感很快就被弥散开的疲惫所包围。一不小心合上眼，醒来的时候，也许远方就是灯火辉煌的城市或孤灯不明的小镇。日子在车轮前进中，静水流深般地逝去。

匆忙地生活，疲于应对的各种陌生的面孔。哪怕是寂静的深夜，也无暇思考，更多的时候是靠上枕头就倦倦地睡去。成功的喜悦，失败的挫折，在回首的时候都已经是身后的风景，无论留恋与否都得继续前行，望向未来，眼睛有些模糊，心也有些累了。从什么时候开始日子变成了这样：忙忙碌碌的生活，我不知道……

有天清晨醒来，简陋的小旅馆房间里意外地充满了温暖而透亮的阳光。拉开单薄的窗帘才发现雨后的朝阳竟是如此的具有魔力，连小码头破渔船边随意堆放的生了锈的铁锚，都让人备觉亲切。雨水洗清了小镇岁月的风尘，天蓝的很纯净，树叶绿的闪闪发亮，忍不住深深地呼吸这略带咸味的空气，一股凉意沁人心脾。鸥鹭从水面缓缓掠过，轻声的低鸣，仿佛也不愿打扰这份阳光下宁静而温和的美丽。此时，惊喜地发现海子的诗竟然还能如此清晰地在心底流过：从明天起，做一个幸福的人 / 喂马、劈柴，周游世界 / 从明天起，关心粮食和蔬菜 / 我有一所房子，面朝大海，春暖花开……眼睛有了点点的潮湿。奔波生活的初衷，不就是为了等待这样的平静生活么？想到这里，我不禁哑然失笑，原来，生活是这样令人不可思议的矛盾着。

关上窗，我的漂泊照常继续，阳光也一如方才般明丽，只是海风渐渐大了。我紧了紧衣领迎上前去，眼前不再模糊，因为心里有了一个被雨后的阳光照亮的美好信念：

有那么一天，我只愿，面朝大海，春暖花开……

寻找青春的主题

文 / 李红都

我们的青年是一种正在不断成长、不断上升的力量，他们的使命，是根据历史的逻辑来创造新的生活方式和生活条件。

——高尔基

不知是受“超级女声”影响，还是被“中国好声音”诱惑，自从你上中学后，就变得特别爱唱歌。

那个周日晚上，你得意地向我炫耀：“下午我和同学又去唱歌了，大家都夸我唱得好，高音好多人顶不上去，我就能唱上去。”

你得意地看着我，眼里满是受表扬的期待；我严肃地看着你，心里满是失望和焦虑。

不知你是否明白——精力放在哪里，哪里就会出成绩；心思没在哪里，哪里就会出问题。老师留的作业，你还有一半没做，就跑出去玩到现在，唱得再好，于学习何益？

你满不在乎地说，青春的花季，怎能没有歌声的悠扬？为什么要做一个只会学习不会享受生活的书呆子？唱歌可释放压力、抒发情怀，说不定，哪天机会来了，还可以像“中国好声音”中的优胜者一样，以歌声征服天下，走上繁花似锦的金光大道。

你的话，让我想起同样喜欢唱歌的两位朋友……

我上初三的那年元旦，素有“校园歌手”雅称的莉，在学校迎新年联欢会上演唱了苏红成名金曲——《我多想唱》。

“我想唱歌可不敢唱，小声哼哼还得东张西望……”优美的歌词，唱出了多少少男少女的心声。那一刻，好多同学都忍不住地跟着莉的歌声，在台下轻轻地哼唱起来。

莉是一个聪明、快乐的女孩子，随便哪首流行歌曲，她听上一两遍，就能唱得八九不离十。她爱说爱笑，大家都喜欢她，和她在一起，总有一种快乐、放松的感觉。但莉也有发愁的时候，做数学题，一头雾水，听物理课，如闻天书，几乎所有主课，她都开过“红灯”。老师和父母都劝过她，多看点书、多做些题，少听音乐、少唱歌，毕竟，初三也同高三，是决定命运的关键时刻。但莉听不进去。假日里，她没想过把落下的功课补一补，反而在唱歌等与学习无关的爱好上投入更多的时间和精力，仿佛这样，才能找到青春的自信。

平是我的另一位好友，那时，我还没有找到人生的目标，而她，却早早地有了梦想。她告诉我，她想考进北京广播学院，像她姐姐一样，将来在一线城市发展。

平的成绩，在我们那个班算不上出色，但她比一般人刻苦，总能在课后多花些时间复习和做题，一点点地缩小与优等生的差距。学累的时候，

她就打开录音机，跟着伴奏唱会儿歌。她最喜欢的，也是那首歌，“我想唱歌可不能唱，还有许多复习题还没有做，努力吧，准备考重点，老师每天都要这么讲……”但我们都知道，她唱完几首歌后，就会自觉地关上录音机，继续投入题海，做那些没写完的复习题……

亲爱的，我想，下面的结局，我不说，你也能猜出个八九……是的，莉初中毕业没考上高中，上了一所技校，毕业后就在一个厂里做工，没有接受过高等教育，自然也就没有什么晋升的良机。窄小的视野和生活圈子，又有多少令她凭借好声音一鸣惊人的机遇？所以，工作已十多年了，她发挥歌唱才能的最大舞台，也不过是在公司举办的建厂周年庆和职工联欢会上。

平的高考并不顺利，头一次只考上了一所专科学校，她没上，复读一年，继续为梦想奋斗。第二年，她如愿以偿地考上了心仪的高校——北京广播学院，在重点大学读书，自然会结交一批更高层的朋友，学到更多有益的知识，有更高层次的文化和生活圈子，这一切，都让她有了“海阔凭鱼跃，天高任鸟飞”的自信。毕业后，平到深圳发展，还有了出国交流的机遇，成了我们初中那个班最成功的一位女性。

亲爱的孩子，我多么担心，你会像莉当年那样，唱响了青春的旋律，却并不理解青春的主题。要知道，中学时代是打好人生地基的关键时期，你可以保留你的兴趣、爱好，但决不能让爱好和兴趣影响了你的学习成绩。只有把知识体系的地基打得更深、更扎实，你才有更开阔、更高远的人生机遇。

所以，请别在短暂的快乐中，迷失了青春的方向。青春应该是一首勇敢向上攀登的进行曲，应该是一首充满梦想和希望的主题歌！愿你能像平那样，该学就学，该唱就唱，分清主次，早立志向。总有一天，你会发现——梦想和求知，才是青春的主题；兴趣和爱好，仅仅是青春舞台上的小插曲。

发现一个不同凡响的自己

文 / 李红都

男儿不展风云志，空负天生八尺躯。

——冯梦龙

他曾是个令父母失望的孩子，和所有淘气的男孩儿一样，他贪玩。一放学就跑出去玩耍了，玩到天黑才回家吃饭，难得静下心来写作业。好在他聪明，成绩尽管不如父母的意，但也还不至于差得一塌糊涂。

升入初中，父母开始限制他的玩耍时间，希望他集中精神好好学习。他也意识到了学习的重要性，从此，开始了暗暗的追赶。

或许是小学时的基础知识没打好吧，不论他如何努力，成绩却难有明显的进步，特别是数学，更成了他进步路上的拦路虎。每每看到身边的尖子生被老师夸奖时的骄傲，他真是又羡慕又妒忌。

一个偶然的机会，教体育的刘老师发现了他打篮球的天赋：从未接受过专业性训练的他，学起三步上篮非常快。长腿长臂的他在球场上宛

如鹤立鸡群，表现也异常的突出——激情地抢球，漂亮地投篮，机灵地夹防……真是一株难得的好苗子。

刘老师找到他的班主任，说起学校准备组建校篮球队的事儿，希望班主任同意他来打中锋。

班主任不同意，以他现在的成绩来说，不错过任何一节课都没能撵上学习好的同学，要是加入校篮球队，肯定会因集训而落下主课，这样下去，学习不就更差了？

刘老师反驳："把他从球场赶回教室，他心不在那儿，又能学进多少东西？倒不如想办法让他学习和打球两不误。"

班主任无语，请来了家长。父母大摇其头，学打篮球那是上体校的路，家里还是希望他走文化考生的路，将来考个好大学。

他犹豫了，的确，他很喜欢跳跃在篮球赛场上的激情，那种每打出一个好球，赢来满场狂呼的快乐，让他找到了从未有过的自信。但是，顾此失彼，学习更差了怎么办？

刘老师开导他："有一样特长，能增强你的自信，只要学习不放松，不仅不会退步，还能进步得更快。"

他心动了，回家去做父母的思想工作。父亲终于让步，条件是这学期结束后，如果成绩有所退步，就别再去练球了。他咬着嘴唇，点点头。

每周一、三、五下午 4 点到 6 点，都是他们校篮球队集训的时间。为了保证学习和打篮球两不误，落下的课，他会主动补上来，还买了辅导书，用心攻读。

那日，在首届中学生迎新年篮球比赛中，频频投篮刷新得分的他成了全场瞩目的焦点。不时有人举起手中的单反相机，摄下他飞跃抢球和扣篮的矫健身影。那场比赛，因为他的出色表现，他们校篮球队荣获本次比赛的冠军。

男孩子们将他团团围住，抬起他欢呼庆祝，啦啦队的女生们也挤了过来，有人还送上鲜花，大家都争着请他签名……那一刻，他成了众人心目中的英雄。

沉浸在竞赛成功的喜悦中，幼年时便有的那个英雄情结从心底涌出。

英雄怎能怕拦路虎呢？再遇到难以解答的数学习题，他不再像以往那样回避，而是绞尽脑汁地寻找解题的办法。每做出一道难题，心里就多了份成就感，这种成就，虽然不及赛场上那般灿烂耀眼，却也在不断地提升着他的自信。

第一学期终考分数下来了，他的成绩令所有人都感到吃惊——以往测验数学从未及格过的他，破天荒地考了 89 分。期中考试总分在班里排名还是倒数的他，短短的三个月，居然进入班级前 20 名！

看到儿子参加篮球队后，不仅学习没退步，反而进步这么大，又惊又喜的父母专程拜访了刘老师。

说起打篮球促进学习的“奇迹“，刘老师深有感触地说：“拥有一次成功的经历，可以增强孩子们对学习和生活的自信，有了信心，才有继续奋斗的动力，才有走向更大成功的希望。潜力，往往就是这样被我们自己不知不觉挖掘出来的……”

十多年岁月的风拂过，如今，他已是某知名大学的教授，记忆里，有很多人和事被时光机淡化了，但他却从未忘记当年让他看到希望曙光的体育老师，让他真切地感到了信心带来的力量。

原来，希望如人生光芒，信心是奋斗的火炬，而爱好，恰似在心灵空地上穿行的那缕清风。风儿轻拂，火炬映亮了人生之路，在充满激情的拼搏当中，不经意间，便会发现另一个不同凡响的自己。

第五辑

Chapter Five

唯美阅读

Weimei Yuedu

矮墙上的爬山虎

▶ 文 / 李红都

理想如晨星，我们永不能触到，但我们可像航海者一样，借星光的位置而航行。

——佚名

最初注意到操场矮墙上那挂“壁画”的人，是宋怡柔。

那天，上完体育课，轮到他和宋怡柔等三位同学去搬跳高垫了，他们四人抬起厚厚的垫子走向楼后的体育组。快到那排像乡下瓦房一样低矮的办公楼的时候，宋怡柔突然停下脚步，尖叫起来：“天啊，真漂亮！”

他闻声抬起头来，顺着宋怡柔的指尖望去，一排爬山虎将体育组最东面的那面墙壁点缀得绿意盎然。已近中秋，白杨树的叶子开始发黄，一阵风吹过，宽大的杨树叶“沙沙”地响起来，响过之后，几片叶子便随秋风，蝴蝶般地飘舞下来，而这满墙的爬山虎，却仍绿得那么耀眼，让人恍然涌出一种如至夏季园林的错觉。

“是啊，像一幅天然的壁画，真的好美。”前面那两个同学也停下了脚步，兴奋地附和道。

他一脸不屑：“哟，这有啥好稀奇的？在我们乡下，家家户户的外墙上都长着这种常青藤……”他说的是实话，从小，他家和邻居家的矮墙上，都有这样一排排的爬山虎，也不知是长辈们种的，还是野生的，他见得多了，早麻木了……

来这个市级重点高中已经一个月了，他还没调整好情绪，中考失利对他的打击实在太大。为了能以择校生的身份走进这家市重点高中，他的父母花空了积蓄……

送他来这里的那一天，爸爸拍拍他的肩膀说：“好好学，在城里扎根，钱，你别操心，这是爸爸的事，你就安心学习考大学，刻苦点儿。将来你在城里有个工作了，把我和你妈都接来享享福。”

他苦笑，考大学，是那么容易的事吗？这所重点高中，聚集着全市成绩拔尖的孩子，像他这样勉强够了择校分的乡下娃，又有几个人看好他的前程？

从体育组办公室回到班里，坐在倒数第二排最偏的那个位置，他从身边的窗口望去，远远就能看到那排矮墙上的爬山虎，刚才还引得同学们的惊叹，现在，又孤零零地晾在秋阳中，无人欣赏，就像擅长跳高的他，每每跃过全班跳高的极限时，也同样能引得满操场的赞叹，但很快，那些赞叹便随风飘走，他仍是班里最不起眼的那一个。

转眼，就过了半个学期。期中考试的成绩，像他预料的那么糟糕，他越发地怀疑自己的能力，觉得愧对了父母倾其所有为他垫付的择校费。

那天，他破天荒地逃了晚上的自习课，走着走着，就走到了那排长着爬山虎的矮墙下。夜色如水，静静在照在墙面上，给满墙的爬山虎增添

了一丝阴柔的美感。想起即将到来的中秋，淡淡的乡愁，就伴着凉凉的月色，从心底缓缓流出。

“呵呵，赏月呢？挺有雅兴的。”

他抬头一看，班主任余老师不知何时已走到他对面。

“我……我……”从未逃过课，第一次逃课就被班主任逮了个正着，他紧张得有些结巴。

余老师冲他笑笑：“听英语老师说，今晚有位同学不太舒服，没来上晚自习，我就赶过来看看。你没事吧？”

他摇摇头。

余老师拉起一根爬山虎，说：“在我们老家，也是家家的墙壁上都种着这种常青藤。这种植物代表乐观、坚强、上进。你看，天气渐冷，其他植物的叶子已陆续凋零，而爬山虎的叶子生命力却如此顽强，城里的高楼大厦难觅它的影子，只有一些老旧的低矮建筑物仍有野生爬山虎生机勃勃的景象。从最初钻出地面、吐出新芽，到长出像脚爪一样的吸盘，攀附着身边的墙壁，或者树木，一点点地向上成长，直到满墙、满树的躯干都缠满这种绿意可人的植物，它一直在暗暗使劲，我们看不到它的努力，却会在某一天，发现它居然能攀上很高的建筑，这就是生命的奇迹！我和你一样，来自贫乏的山区，也有过学习备感吃力的经历，但一想起爬山虎，我就有了动力，我想让自己的手脚更加强健有力，像爬山虎的吸盘那样，不断攀登，向上成长。一直在默默努力，有一天，我发现，自己的成绩居然超过了最初我十分羡慕的那些班中的尖子生。就像这排爬山虎，最终的高度已达到这排办公楼的顶缘，远远超过了身边的白杨……”

“嘻嘻……你真的在这里啊。”一串清脆的笑声划过夜空，在耳畔响起。他和余老师同时转过头来。

宋怡柔带着几个同学跑了过来。

“给，这是今天晚自习英语老师发的复习重点和试卷解析，回宿舍时好好看看啊。不明白的地方，我明天给你讲，好吗？别忘了，我是英语课代表呢。当然，不懂的，你直接问英语老师也行的。”

余老师拍了拍他的肩膀，笑着说：“对了，我刚想起来，爬山虎这类常青藤的花语叫‘感化’，它除了代表乐观、坚强、上进，还代表纯真美好的友谊，高中三年，你和同学们互相关心、互相帮助，在学习中建立起的友谊，也像这种植物，永远常青。孩子们，祝福你们！”

原来，距离的产生，不在别人，而在自己；原来，他从不曾放在眼里的爬山虎，有那么多值得学习的品质……

隐隐，有温湿的液体从面颊划过，流进嘴角，咸咸的，但他的心里，却荡漾起了一种从未有过的感动和甜蜜。

每天都是一次选择

文／红莲

世界是你们的，也是我们的，但是归根结底是你们的。你们青年人朝气蓬勃，正在兴旺时期，好像早晨八九点钟的太阳。希望寄托在你们身上。

——毛泽东

收到你录取通知书的那一刻，我并没有丝毫的兴奋，相反，应该说，我是很失落的，甚至可以说，有些不甘。而你，眼睛却笑成了两弯月牙。

是的，那个学校，是一所职业院校，尽管在我们当地，甚至在整个河南，都算得上是专科类的好学校，但毕竟与我为你设计的人生路线大相径庭。在我心中，你应该骄傲地走进省级重点高中的大门，最起码，你也能上市级重点高中，仿佛这样，才能不辜负我对你的期望。

但现实是残酷的，不管我愿意不愿意，我都得接受这个事实。看着眼前已长得和我一般高的你，真想骂你不争气，忍了好半天，才把几乎要脱出口的话咽进肚里。

面对我的不悦，你却满不在乎："这也是个大专啊，五年制的，而且还可以参加专升本……"

但是，亲爱的，毕竟这样一来，你的人生，就缺少了高中的生涯，那是一段艰辛却充满激情和梦想的人生之旅。

我给你讲我的高中时代，讲我的激情奋斗，你不想听，你说，你想走自己选择的路，不想走我给你设计的路。你说，你有自己的追求和思想，不想一切听我的安排，没了自己的主见……

我们争了半天，谁也没说服谁。但是，我明白，你倔，认准的事，谁也改变不了你。

我仰天长叹，随你好了……

你欢呼雀跃，终于可不必再背那令人头痛欲裂的元素周期表，做那枯燥无比的数学方程式。

我不知应悲，还是应喜？毕竟我们那个年代的中学生，崇信的是"学好数理化，走遍天下都不怕"；毕竟多学些文化知识，打好基础，将来才有更长远的发展。但我也知道，现代社会的分工越来越精细，高中时学的很多知识无非是一块块大学的敲门砖，就如我，成年后，忘得最快的，就是那些与工作不沾边的数理化，而且我也知道，你虽不如我当年那么刻苦、那么听大人的话，但是秉承了我的兴趣和爱好——喜欢看课外书，喜欢写朦胧的情感故事和纯真、唯美的诗词。或许，你长大也像我一样，走写作的路，让名字在全国各地的期刊杂志上缓缓开花……

那一天，看到你的《痴狐》刊发在 2013 年 7 月 3 日《河南工人日报》副刊，我惊喜得泪都流了出来。没错，从你那细密精巧的构思和语言唯美的程度上来看，你远胜过当年的我，你发头篇作品时，才 14 岁半，我发首篇文稿时，已近19岁。外市的一位作家开导我：想当年，琼瑶也偏科，数学常常不及格；三毛也同样，语文上是天才，数学则会考鸭蛋；说不定，你家小淘气包将来会远远超过你我……

回想当年，自己何尝没有令大人感到“不靠谱”的选择，也试过多条父母安排的人生路，最终走通的，还是自己选择的那条路。或许，生活就是这样，当我们选择成长的时候，往往也是选择不被父母理解的时候，因为我们有了独立的思想。

没有人希望孩子是个毫无主见、事事按他人思想行动的傀儡，但不知为什么，在我的潜意识里，却总是觉得自己比孩子社会经验多，忍不住对孩子的人生“指手划脚”，每每看到你没有沿着我为你设计的人生路线走下去，心里便充满担忧和焦虑。

心中的纠结，让我显得有点心烦意乱。我转身走进书房，打开电脑，习惯性地登录上QQ。有位我一向敬佩的大姐正好在线，想想自己的纠结，忍不住地打开对话栏，把这矛盾的心态说了出来。她很耐心地听完了我的倾诉，发过来一行话：“你想得太复杂了，其实你女儿远没有你那么纠结，她有主见，知道自己喜欢什么，适合什么，会主动选择适合自己走的路，这本已很好了。如果非让她按照你的要求，拼命去学那些她既不喜欢、又不擅长的数理化，或许她真的能像你希望的那样考上省重点高中，可是却失去了去学她自己感兴趣的专业的乐趣。问你一句——你是愿意看着她成天闷闷不乐、得过且过地学呢？还是希望看到她充满激情，快乐地去学习呢？

我马上回答：“当然希望她带着激情和快乐去学习了。”

那边很快又回复道：“要是她按你的安排去上高中，肯定是闷闷不乐、得过且过，因为她既然不喜欢数理化，你把意愿强加给她，她怎么能快乐呢？怎么会主动地去配合学习呢？但高职院校是她自己选择的，专业也是她所喜欢的，她到那里，肯定会快乐、主动地学习了。她能主动地、快乐地学习，还有文学创作的爱好和兴趣，这样的生活状态，你能说她是失败的吗？其实，学习成绩并不重要，重要的是她没有失去生活的激情和学习的乐趣。”

一时间，我哑口无言。突然，脑海里浮现出前一段这位大姐推荐给我看的一首纪伯伦的诗，“你们的孩子并不是你们的孩子/他们是生命对自身的渴求的儿女/他们借你们而来，却不是因你们而来/尽管他们在你们身边，却并不属于你们/你们可以把你们的爱给他们，但不能给予思想/因为他们有自己的思想/你们可以建造房舍荫庇他们的身体，但不是他们的心灵/因为他们的心灵栖息于明日之屋，即使在梦中，你们也无缘造访/你们可努力仿效他们，却不可企图让他们像你/因为生命不会倒行，也不会滞留于往昔/你们是弓，你们的孩子是被射出的生命的箭矢/那射者瞄准无限之旅上的目标，用力将你弯曲/以使他的箭迅捷远飞/让你欣然在射者的手中弯曲吧/因为他既爱飞驰的箭，也爱稳健的弓……”

那首诗，多像是这位智慧的大姐，在开导被“望女成凤”之心钻进牛角尖的自己。对命运之神来说，我和孩子既相互关联，又彼此独立，我可以给孩子爱和引导，又怎能将自己的思想强加在她身上呢……这样一想，心里便有了种豁然开朗的感觉。

吃过晚饭，我拉着你的手，走进朗朗月空。

舒爽的晚风，吹散了白日里争吵带来的郁闷，悄无声息地拉近了我们彼此的距离，我和你，像一对知己，并肩坐在月光下真诚地袒露心底——

我承认，从你上小学起，我对你的寄托就有些功利——重点中学，名牌大学，诗琴书画，多才多艺……我压在你身上的希冀，把你柔弱的身子压得弯弯如月。你好动，想学吉他和街舞，我批评你是“不务正业”，你不喜欢数理化，勉强完成了老师的作业便松了口气，我逼着你硬着头皮继续做我给你额外留的理科卷黄岗题库……

回想起来，我为你做的这一切，并没有带给你多少正面的影响，却反而让你失去了成长的快乐和学习的乐趣。还好，你能主动选择上高职院校去学你感兴趣的知识和技能，并且还能时不时写出一两篇令我惊喜不已的文学作品，这说明你还是开朗健康，有梦想、有追求的好孩子。特别是你能很清楚地根据自己的特点，扬长避短地选择自己喜欢并适合你发展的专业，足以说明你很有主见和独立处理问题的能力，这些，我都应该为你骄傲！

妈妈想告诉你的是——生命中的每一天，都是一次选择。无数次选择的结果，就是你的命运。不只是这一次，在今后的日子里，你也天天面临着选择：上课，你可选择听讲，也可以选择打盹；写作业，你可选择用心，也可选择马虎；课余时间，你可选择参加培训，练好英语口语，也可以选择到溜冰场和 KTV，游戏人生，虚度光阴……

所以，妈妈希望，在新的学校里，别让爱玩、爱攀比的孩子影响到你。愿你每一天，都能认真地做出选择，选择上进、选择勤奋、选择微笑、选择勇敢……

哪个部位都有好苹果

文／红莲

只有知道了通往今天的路，我们才能清楚而有智地规划未来。

——佚名

“高处的够不着，低处的阳光少……”我和朋友提着竹篮站在洛宁上戈县的苹果园中，仰望着满树大大小小的苹果，不知从哪儿摘起，只好向园主求助：哪个部位的苹果好吃呢？

“都一样，怎么方便你们就怎么摘吧。一般来说，红色的糖分多，更甜些，粉色的脆，也很好吃，黄色带条纹的那一类，相对而言，口感更香……”果农憨厚地传授着摘采苹果的窍门。

重新走进苹果丛，我们仔细地寻找着果农说的那三种苹果。向上望去，树顶上的苹果显然更红些，朋友便大胆地爬上树，我摊开外套，仰着脸去接她扔下来的苹果，相信那些从高处摘下的苹果，一定是最完美的……

连摘了十多个，朋友余兴未消地跳下来。我们捧着这些“完美的苹果”，好奇地对比着篮中那些从低矮的枝头摘下来的苹果，这才发现，其实高处的苹果也红不到哪儿去，咬一口，味道和低处那些比较红的苹果差不多。

园主走过来，很担忧地说：“别上树了吧，又没梯子，多危险哇。你们就摘够得着的苹果吧，同样的果树，哪个部位都有好苹果……”

“哪个部位都有好苹果……”咀嚼着苹果，突然我想起了薇。

薇大学毕业后离开小城去北漂，三年后，成了有着不菲年薪的金领，每次朋友聚会，谈起她，人人都充满羡慕之情。但是，令我们大跌眼镜的是，去年，她和先生带着四岁的儿子重回小城定居，做了一位普通的家庭妇女。闲聊中得知，这些年，因为想拥有更高的地位和收入，她拼得好辛苦，无止无休的加班悄无声息地磨损了她的健康和心情，终于有一天，她厌倦了那种所谓的众人仰视的风光无限，决定重回小城过普通百姓的自在生活。

当时，我深为她惋惜：“你这样，简直是人才的浪费。”

她笑：“什么人才不人才的，我们都是同一类的人，只不过是我当年比你们付出了更多的努力，才飞得高些。不必羡慕我，在低处生活，不也挺好？”我不置可否地笑笑……

再见到薇时，她已在小城中找了份轻松自在的工作，虽然收入远不及从前，但却有了足够的时间享受人生的种种乐趣。她很高兴地告诉我，这一年，是她过得最满意的一年……说这话时，薇面色红润、神情愉悦，很幸福的模样。那种安详的满足，更添了她的美丽。

我跟朋友谈起薇，朋友一指我篮中的苹果：“你看，这些是你从低处摘的，有的比我从高处摘下来的还好呢。想来人生也如此，高处有高处的好，低处也有低处的妙……”

的确，人生也如苹果。同样的根系，同样的品种，不同的只是位置，虽然低处的苹果沐浴到的阳光雨露不及高处的苹果，但是高处的苹果承受的烈日暴晒、风雨寒流也比低处的苹果更多些。

果农又过来了：“要是你们真想摘树顶的苹果，我去搬梯子吧？”

“不必了，我们就摘些够得着的苹果就可以了。”朋友客气地冲果农摆摆手。

那天，我们摘了满满两箱的苹果，有红的、有粉的，还有黄色带条纹的，大多都是长在低处的那一类，但是我俩都深信，它们的味道，一点也不比长在高处的苹果差。

叛逆是一柄闪亮的双刃剑

▶ 文 / 成坤

小时候的人有的只是一半完美，另一半是愚蠢，年轻的唯一美中不足之处，就是成长得太快了。青春，当我们有它的时候，一定要每天使用它，否则它很快就会消失。

——佚名

与尖酸刻薄的班主任明争暗斗了整整一个学年后，我不得不因数学17分的光辉事迹被迫留级。母亲生怕我就此失学，急着四处托人，使我终于有了归处。

漫长的假期里，我想了很多很多。每每看到母亲那双暗藏泪光的眼睛，我心里总是掠过一丝莫名的苦楚。我决定一切重新开始，决定做一个懂事的孩子，决定走正常孩子的路线，决定用优异的成绩来回报辛劳的母亲。

开学第一天，我被安排到了教室角落的空位上。阳光穿过春日的树叶，斑驳地洒在窗台，远处，有一群扑翅的飞鸟在蓝天上盘旋。我心里恍然有了一种重获生机的喜悦。

数学课，我虽然听得有些迷糊，但还是坚持把板书的内容抄到了笔记本上。对于我来说，这是从未有过的事情。

课后，前排男生聊得前仰后合，唯独我默然地坐在窗台旁，享受这份被集体忘却的孤独。有几次，我真想插上前去，和他们说上几句，并因此熟络，成为日后无话不谈的好朋友。但我始终没有那样的勇气，他们的颤抖后背，像一面结实的墙，把我阻隔在了冰冷的世界之外。

下午体育课的时候，自由活动的哨声刚响，那些原本在我周围与我紧密相贴的同学们便一哄而散，将我抛在了广袤的操场上。

我坐在荒凉的花台上，看远处的男生们狂奔、投篮、呐喊、尖叫。偶尔，会有一个棕色的篮球朝我飞来，我稳稳地将它接在掌中，朝远处的那群男生抛去。顷刻间，他们又恢复了喧闹，将前一秒的我深深忘却。

终于有一天，数学老师想到了我，问了我一个关于几何公式的问题。我站在众人的目光中，紧张得语无伦次。结果，我在这个陌生的环境里受到了第一个别样的惩罚，誊抄公式一百遍。

前排男生悄悄递来纸条："需要帮忙吗？五十遍，十块钱，轻松帮你解决问题。"我顿时火了，将揉碎的纸条重重地抛到了他的脑袋上。

我们为此发生了激烈的争执。事后，我彻底被后排男生们孤立了。每次分发作业，我的作业本都会被他们扔在杂乱的讲台上。于是，我的作业本便经常是新的。

我养了长发，并誓死不剪。为了保持我原有的特立独行，我彻底放弃了数学课。班主任几次找我谈话，均无功而终，最后，在班里大肆批评，我是他生平所见过的最没出息最叛逆的孩子。

清早，班上女生在校门外的岔路口遭歹徒抢劫，我信手提起砖头，只身狂追了整整三条街，最后气喘吁吁地将他制服。

录完笔供，已是中午一点多。我胡乱吃了碗清汤面，在网吧的沙发上睡了一个钟头，醒来后再三挣扎，自己到底要不要去上课。

刚进教室，便被一阵雷鸣般的掌声吓到了。后排男生一同高呼："英雄！英雄！英雄！"

我笑笑，在众人的注视中低着头，走向教室的角落。一个精致的礼品盒，安静地躺在我的座位上；零乱的课桌，也不知何时被收理得整洁妥当。

我几乎已经忘却了，自己是何时与他们融在一起的，自己又是何时剪断了头发，重新拾起数学课本，做一名循规蹈矩的中学生。

只是，我比谁都清楚，叛逆的孩子其实最为孤独。他们之所以坚持己见，特立独行，无非是想用这样的方式来获取旁人的关注。但谁又能料到，叛逆本身就是一柄闪亮的双刃剑，它在照亮别人眼睛的同时，也将持剑的孩子，潜移默化地挡在了空无人迹的门外。

我不过是个坏孩子

▶文 / 成坤

人生最大的感叹是：年轻的激情从未实现；年老的追忆从没发生。勇气是青年人漂亮的装饰。假若人生下来就是中年，然后再渐渐年轻起来，那样，他就会珍惜一切时光，决不会在无谓的事情上消耗自己。风华正茂的夜晚给老年人带来平静，给青年人带来希望。

——萧伯纳

十年后，同学聚会，我呆坐窗前踟蹰茫然。很多人打来电话，急切中卷着怜责。来吧，兴海，十年了，多想见你一面啊。

我不清楚自己是否该去。因为当年，我不过是个遭人厌恶的坏孩子。虽然，这些年转变极大，但由于期间并不曾相见，所以对于他们来说，我仍然是曾经那个不可一世的我。

寻思片刻，我到底是裹着风衣去了。

刚进校门，便有人认出了我。他从人群中探出手来，朝我挥摆，示意我快些。我忘了他的名字，但我记得他曾经坐在我的后排。当时他沉默寡言，与我并不熟络，可并没有因此而幸免于难。

他的冷漠和古板，激怒了年少轻狂的我。

一个夏日炎炎的午后，我把装满大红墨水的文具盒放在了门框上面。他刚推门进来，便被从天而落的文具盒砸得晕头转向，不知所措。

大红墨水淋湿了他的头发，再配着那张怒气冲冲的国字脸，真有种血肉模糊、面目狰狞的恐怖感。

从教室门口路过的小女生们吓坏了，尖叫着四处逃窜。唯独我一人趴在讲台上，笑得涕泪交流。

此刻，重新坐到他的旁边，亲历他的热情和友善，忽然有种深深的自责。

对面的长发女士朝我招手，嗨，海哥，还记得我不？我仔细端详她的面庞，脑中倏然闪过一段画面。

她是坐我前排的女生，长发飘飘。不过，十年前的愚人节后，她便彻底和那头黑亮如缎的长发说再见了。

那天清晨，我把一个绿色的特大号打火机递给她，来，帮帮我，打了半天也打不着，好像是坏了。

她很乐于助人，二话没说便把打火机接了过去，凑着看看，捏着瞧瞧，刺啦，试着打了一下。她绝对没有想到，只是这么一下，疯狂的火苗便吞噬了她的眉毛和头发。猝不及防。

事实，这非但不是一个淘汰品，还是一个精挑细选出来的霸王级打火机。为了使恶作剧达到完美，在她没来之前，我就把气阀拧到了最大。

突如其来的惊吓使她放声大哭。接着，下午，她画了眉毛，剪了头发。

这位在当年一度被我捉弄的漂亮女生，此刻正端坐我的对面。她的真诚和风趣，时常让我觉得愧疚。

老头儿来了。仍然是那套米色的中山服和黑色的边框眼镜。所有人都恭恭敬敬地起来迎接，我也一样。

他刚看到人群中的我，便笑了，稀客，稀客啊，印象中，似乎你还从来没有对我这般恭敬过，受宠若惊，受宠若惊啊！

他爽朗的笑声使我有种恍如隔世的亲切。少年时期，我跟随过很多老师，可没有谁像他这般，对我宽容有加，爱护备至。

教导主任曾暴跳如雷地拿着铁丝朝我挥来，所有老师静坐不语，唯独他，毫不犹豫地抱住了我的身躯。

细柔的铁丝在他瘦弱的手背上割出了一道深深的血痕。后来，伤口未愈，他便执意批改作业，以致墨水渗入其中，再也无法洗去。

他指着那条细细的黑疤对我说，看，酷吧？江湖纹身。

所有人都被他搞怪的表情逗乐了。只有我，难受得说不出半句话。

毕业前，同学录虽盛行一时，却极少有人找我写上只字片语。他们都被我嘲讽过，捉弄过，他们都讨厌坐在后排角落里的我。

中考落榜后，我决定弃学打工。他一直鼓励我，并跟我母亲说，再让他读读看，相信我，能搞那么多恶作剧的脑袋，笨不到哪里去。

因为他的这句话，母亲四处筹钱，让我硬着头皮上了高中。接着一走，便走到了今天。

新书出版，他邀我去给他现在的学生们说几句话，我想来想去，最终在黑板上写下了这么一段肺腑之言：坏孩子虽然惹人厌恶，但坏孩子也有坏孩子的寂寞和烦恼。当然，坏孩子也该有自己的梦想。相信我，能搞出那么多恶作剧的脑袋，也笨不到哪里去。

风吹日晒出种子

文 / 李耿源

最精湛的教学艺术，遵循的最高准则就是让学生自己提出问题。

——布鲁巴克

放暑假后，儿子要去参加少年军校野外训练夏令营。儿子 9 岁，虽然广告上说年满 9 岁能报名，可夏令营去的是几百公里外的一个偏远山区，且长达一个星期，这怎么让人放心得下？

见我们不大同意，儿子就提出回来后要以主动做家务“赚钱”来还那五百多元报名费。没有充分的理由反对，只好给他报名。出发那天，我和妻子千叮咛万嘱咐，让他野营时注意安全。可他穿上校方发的迷彩服，背上登山包，光顾兴奋，根本就没听我们的话，一溜烟就不见了。

家里一下子变得冷清。才第一天，我们竟茶不思饭不想的。这是儿子第一次单独离家，这几天得在烈日下跋山涉水，受得了吗？跌倒了怎么办？中暑了怎么办？有个头疼脑热的，又怎么办？一想到这，我和妻子都后悔了，真不该让他去。

第二天是周六，我和妻回乡下探望父母。父亲没看到他的孙子回来，很是失望。但一听说是去少年军校野营了，欣慰地说，我当过兵，如果孙子长大了也能参军，那该多好呀。

我帮父亲晒新打的稻谷。一站到太阳底下，就像要被烤焦一样。这么热，我都受不了，何况他？我又想到了儿子。妻子说，不如我明天去接他回来？我没有反对。

下午，我帮着收晒干的谷子。父亲把收起来的谷子分成一大一小两麻袋。翌日清晨，父亲只把小袋的谷子背出来，用风机猛风再次吹去秕谷，然后铺在坪上晒。我问，为什么只晒小袋的？父亲说，这袋是要放着来年做种子的，做种子不能有一粒秕谷，要用猛风多风一次，也要晒得更干些。而要碾成米的谷子，一般九成干就可以了，否则碾时米粒容易碎。

父亲还说，风吹日晒出种子，这是我们农家人的一句谚语！

我心头不由一颤。看着在阳光下泛着金黄、颗粒饱满的谷粒，想着它们因被选为种子，注定要经受更多的筛选和考验。而在培养和教育孩子方面，不也应该如此吗？要让孩子茁壮成长，不也一样要“风吹日晒”？想到这，我突然不再为儿子远行而忧心忡忡了，也说服妻子打消了提前去接他回来的念头。

一个星期到了，儿子穿着迷彩装雄赳赳气昂昂地回来了。他除了皮肤晒黑外，毫发未损，且有不少让人惊喜的变化：早上不赖床，自己叠被子，毛巾晾得很平整，会煮饭，吃饭快了，吃完饭主动收碗筷，自己洗袜子……

“父母之爱子，则为之计深远。”反思以前的做法，好像计眼前的多，计深远的少。对于孩子的成长，蜜罐式的庇护是无益的，给他一些挫折与磨难的考验，才是真正的爱子吧！这是我从“风吹日晒出种子”这句民谚得来的启示。

玩具的最佳玩法

▶ 文／李耿源

请你记住：教育——首先是关怀备至地、深思熟虑地、小心翼翼地去触及年轻的心灵。

——苏霍姆林斯基

去学校接 10 岁的儿子，儿子把我往学校附近的文具店带。文具店里挂满了玩具赛车和配件，儿子想买一部。我一看价钱，吓了一跳，一部像普通茄子一样大小的赛车，便宜的要 20 多元，贵的要 150 多元，我不肯买。

儿子不急也不闹，让我和他一起看赛车。店门口，店主摆了一个 8 字形三层立交跑道，一些学生争先恐后地在跑道上进行竞速赛：赛车一放在跑道里，便飞速行驶，引来阵阵尖叫。我被现场的气氛感染了，而且儿子目不转睛地盯着跑道的神色，让我无法拒绝他。

儿子倒知道节俭，挑了一辆便宜的赛车，25 元。我以为他会立即将车子放到跑道上，可他没有。我有点生气，认为他缺乏胆量。

回来的路上，我说，既然买了就该玩几把，如果不玩，那还不如别买，浪费钱。儿子却说，你没看到他们的赛车都比我的好吗？他们的车子坚固，我的车子一放下去，立即就会被他们的车子撞坏，我舍不得。

原来如此，是我错怪了他。

夜里，儿子做完作业后，迟迟没有出来洗漱，我和妻子急了，进他的房间，发现他正在玩那部赛车，而且已经拆得七零八落了。我说，快安装起来，然后去睡觉。儿子却说，好几个地方拆坏了，再也装不回去。说着，手拿着马达，然后接上电池，让它飞快地空转，很是开心。

我一看，气急败坏地说："花这么多钱，却让你给拆坏了，你也太不珍惜了！"一急，扬手就想打过去。儿子忙躲着大叫道："赛车为什么不能拆呢？如果只让它跑有什么意思？我只想看看它为什么能跑那么快！"

赛车为什么不能拆？一句话把我给噎着了。是啊，不过是件玩具，既然孩子一样能从中得到乐趣，甚至还锻炼了动手能力，有探求精神，为什么要制止呢？

看来，我又错了。我们常站在成年人的立场去看待孩子的举动，以固化的思维去评判他们的对错。其实，更应该换一种思维，如果从孩子成长的角度去看问题，我们会发现，我们的想法往往不是最优的，甚至会扼杀孩子的想象力。

赛车是拿来拆的，对于儿童玩具，谁说不是最佳的玩法呢？

年少时的自我成长课

▶ 文 / 赵星晨

真正的爱情能够鼓舞人，唤醒他内心沉睡着的力量和潜藏着的才能。

——薄迦丘

很多年后，我还是会想起那个长发飘扬的北方姑娘。她像一枚雪亮的针，穿着时光的长线，在我的记忆中左右刺绣，交织缝纫，直至记忆的幔布，到处都绽满暗恋的卑微之花。

那时我刚上高三，决定报考艺术院校，成天自由的不得了。我们可以不去上课，坐在安静的琴房里弹琴，或是唱歌，甚至，我们可以不考数学。她是转学过来的插班生。爸妈都是北方人，当年在云南做生意，便把她的户口落在了这里。临近高考，才被惨烈地打回户籍所在地。

她一直生活在北方，根本不会说云南方言。

她刚来的第一天，就在学校引起了不小的轰动。很多男生都趴在走廊上议论，说高三班来了一位只会说普通话的艺术美女。

她也是艺术生，报考音乐学院。她的到来，彻底把原本音乐班那位高傲的钢琴公主打败了。她的十指颀长，白润而又灵活，可惜整个冬天都蜷缩在温热的口袋里。

但是，只要她的双手搭上泛着光泽的琴键，马上就会变成两只自由翱翔的云雀。她弹出的音符精致而又饱满，像一粒粒浑圆的玉珠。

因为她的出现，我觉得自己枯燥的十八岁忽然有了跳跃的生机。

她在隔壁班，我们通常很少见面。每周一次的乐理课她也几乎不来。老师说，她的乐理根基已经很好了，不必再学，应该把更多的时间花在演奏方面。

听说她每天下午四点都会准时去琴房练琴。老师对她寄予厚望，特意给她配了一把琴房钥匙。

为了遇见她，我从一点就躺在琴房里呼呼大睡。醒了，练会儿琴，开下嗓。累了，继续藏在课桌中间倒头大睡。

我觉得最幸福的事，就是枕着她的音符入眠。

有一次，我睡得太离谱，直接从课桌的夹缝中掉了下去。她不知道琴房有人，彻底吓坏了。当我挣扎着探出惺忪的大脑袋想要说声对不起时，她已经撒腿逃之夭夭了。

十几分钟后，她再度归来，用诧异的眼神看着我："刚才是你？我还以为是地震呢！"她清脆的笑声使我想起茶马古道上的驼铃。

我想要给她写封信，想要告诉她，在南国的边陲小镇，有个内向寡言的男孩默默喜欢着她。这封信我写了很久很久，有的时候，把自己写哭了，有的时候，又会忽然莞尔。

直到毕业那天，我还是没能把那封信递到她手里。听说她去了上海音乐学院，学校为此还出了张大红的榜单。我一直没有勇气去看。

我只记得十八岁的夏天飘了很多雨，潮湿的空气，让人沉浸在无处可躲的忧伤里。

然而，正是因为这样的忧伤，暗淡的十八岁才有了一抹亮丽的颜色。

我在新书里说，暗恋是一次无人知晓的自我牺牲。你在心里和那个贸然闯进的人纠葛思量，以为同上一船，可最后，你终要发现，这个人，不过是万千乘客中的一员——稍有不同的是，她无意中默默陪你欣赏了一段关于青春的风景。

要知道，暗恋，也是一次悄无声息的成长。

窗边的孩子

▶ 文 / 赵星晨

山河不足重，重在遇知己。

——鲍溶

每天清晨，我都是全班第一个接触到阳光的男孩，可在内心深处，却漂泊着无边无际的黑夜。我独自坐在教室的后排窗边，任青春无声飞逝。

我多想自己能够像其他男孩一样，在暮色时分寻一个同路的朋友，互挽着在夕阳中嬉笑漫步。这个朋友，我梦想了许久，始终不能得到。起初，我奢求他是帅气的，大方的，是温文尔雅的。那样，便可以牵连上我，引起别人的注意，助我认识更多的朋友。

后来，我的梦想渐然萎缩了。我想，只要是一个男孩就行。哪怕他和我一样沉默寡言，只会穿褪色的校服和过气的衣裤；哪怕他和我一样梳着蓬松的蘑菇头，名字永远藏匿在成绩单的暗黑角落里。这一切，我都不再嫌弃。甚至，我暗暗祷告，自己宁愿做一个受气包，承受他的坏脾气和委屈，只要他愿意和我做朋友就好。

愿望一直没能实现。我真如一朵山野里的蘑菇，尽管身旁长满了碧绿的草，开满了鹅黄的花，还是无人理睬。

那条僻静的小巷，我独自一人走了许多次。我记得小巷里的门牌号，踢过小巷里的每一块石子。但小巷里，却依然没有我的朋友。

瓢泼大雨的天气里，我摔倒过几次，却从来没有碰到过电视剧里面的情景。没有谁从暗处跑过来将我扶起，嘘寒问暖，更不可能有人会主动递给我一把漂亮的油纸伞。撞车我遇到过几次，也照样没谁主动从自行车上跳下来把我送到医院，并因此衍生一段感天动地的友情故事。

正当我对一切的剧情和小说都绝望的时候，他出现在了我的世界里。我无论如何都想不到，光鲜亮丽的他，竟会在一家餐馆里端盘子。那时候学校为了提高升学率，严禁任何同学校外兼职，举报有奖。他在我面前惊慌失措的模样，至今仍在我脑海里冉冉浮动。

当天，他再三恳求我，千万不要把兼职的事向学校汇报。那五十块钱的奖金，他可以私下给我。说实话我有些紧张，但这紧张，绝对不是出自那丰厚的奖金。

第一次有同班同学和我说那么多话。我镇定地告诉他，我无论如何也不会把这件事告诉老师。再者，我也不会要他的“私了费”。他高兴坏了，死命拽着我的手不放，说要请我吃大餐。

他请我在餐馆外的小吃摊上喝了一碗豆腐脑。而后，令我在原地等他下班。我终于有了这样的等待。那段等待，让我忽然有一些得偿所愿的感动。

下班之后，他领着我去他家里吃饭。路上，他情不自禁地搂起了我的肩膀。川流不息的马路上，第一次有同班男孩将我紧紧环住。我抑住内心的风波，忐忑不安地将颤抖的手搭上了他的肩膀。

时光就这么如水远去。今日，当我站在神圣的讲台上看窗外秋风落叶时，总忍不住回望那些窗边的孩子。因为我了解他们的孤独，知道他们比任何人都需要一双紧握的手掌。

阳光不会偏袒任何一朵花

文 / 赵星晨

智慧、勤劳和天才，高于显贵和富有。

——贝多芬

我不是个聪明的孩子。

念小学的时候，成绩平平。到了初中，更是一落千丈。数学 17 分，被迫留级。因为是出了名的淘气鬼，所以压根没有老师肯要我。

母亲四处托人奔走，最后散光了微薄的家财。生活一贫如洗。

祸不单行。在吃肉都显得奢侈的岁月里，父亲因病离我远去。

我和母亲相依走过了此生最为艰难的一年。她每天五点起床，倒猪食，拉猪粪，耕田种地，直到凌晨才迟迟睡去。

我很少见到她。我起床的时候，她已经去地里忙活了。我下晚自习回家的时候，她正骑着三轮车赶在拉泔水的路上。

因为懂得母亲的艰辛，所以我渴望长大，渴望能有一双有力的手，给她最好的温暖和保护。

我开始发奋读书，但似乎一切已经太迟。中考，我刚好差五分。

母亲把辛辛苦苦养了半年的牲畜贱卖，只为给我自费续读。

她没什么文化，不识几个字，所以，她不想自己的儿子以后也像她这样，成天在田地和生存的夹缝中咬牙挣扎。

我很想好好读书，但很多东西，真是上天注定。有人天生对音符特别敏感，但不表示他在美术方面也可以取得卓越成就；有人天生对数学兴趣浓厚，但不表示他在体育方面也可以成为乔丹或者刘翔。

我很羡慕那些可以让所有学科都齐头并进的优等生。我努力过，尝试过，但数字与我，始终无缘。正因如此，高一下学期，我才会义无反顾地选择文科。

我记得自己的梦想。小学六年级的时候，我在同学录上写过，我想当一名作家，用文字给人送去温暖，用文字帮人抚平内心的伤疤。

在我孤独而又无助的成长岁月里，尽管文字一直默默给予我力量。但实质，这个梦想正在离我渐渐远去。

我的成绩一直在不上不下的状态。照此下去，就算天公怜悯，没有落榜，也只能读一所偏远闭塞的三流院校。

拿到录取通知书的时候，母亲一语不发。但最终，她还是决定让我出去看看。就这样，我去了南方的一所三流院校，继续自己的求学生涯。

在大学里，我有了充沛的时间。我把自己埋在图书馆里，埋在寂寞的时光深处，埋在写作的内省之中。我几乎没有看到希望，因为我写的所有文章都被退了回来。

我默默坚持，从不抱怨，在毫无光亮的荆棘中慢慢前行。这一走，就是十年；这一走，就走到了今天。蓦然驻足，回望前尘，才发现昨日走过的种种苦难，都开成了绚烂的花朵。

我开始相信，阳光，真的不会偏袒任何一朵梦想之花。